長編小説

とろめき
フィットネスクラブ

葉月奏太

竹書房文庫

目次

この作品は竹書房文庫のために
書き下ろされたものです。

第一章　快楽インストラクター

1

　駅のホームに向かう階段を昇ろうとした、まさにそのときだった。

「ドアが閉まります。駆けこみ乗車はご遠慮ください」

　アナウンスが聞こえて反射的に走り出す。階段を駆けあがってホームに出るが、無情にも目前で電車のドアが閉まった。

（ああっ、ダメか……）

　杉崎俊郎《すぎざきとしろう》は思わず前屈みになり、自分の膝に両手をついた。

　全身の毛穴から汗が噴き出している。ほんの少し走っただけなのに、早くも息が切れていた。

　つい二度寝したのが失敗のはじまりだった。急いで準備をして部屋を出たが、いつもの電車に乗り遅れてしまった。次の電車でも始業時間にはぎりぎり間に合うが、駅から会社まで走らなければならない。

余裕を持って、一本早い電車に乗ったほうがいいのはわかっている。だが、朝が苦手で一秒でも長く寝たかった。

(間に合うと思ったんだけどな……)

呼吸を整えながら胸のうちでつぶやく。

これまでも似たようなことが何度もあった。発車のアナウンスを聞きながら階段を駆けあがっても、電車に乗り遅れたことはなかった。

(運動不足だな……)

まだ二十四歳だというのに、体力の衰えを感じる。

思えば就職してから、ろくに運動をしていなかった。家電量販店の総務課に勤務しており、日中はほぼパソコンに向かっている。仕事なので仕方ないが、椅子に座りっぱなしでは運動不足になって当然だ。

就職して二年が経ち、体重は大学時代から五キロほど増えている。最近、腹回りに肉がついて、ダブついているのが気になっていた。

(このままだと、ますますモテなくなるぞ)

ふと危機感が湧きあがる。

じつはこれまで女性とつき合った経験が一度もない。

高校時代は大学に合格したら彼女を作るという目標を立てて、受験勉強をがんばった。ところが、いざ大学生になっても彼女はできなかった。結局、二十四歳になった今も童貞のままだ。

仕事にも慣れて少し余裕が出てきたので、そろそろ彼女がほしい。だが、これまで縁がなかったのに、そう簡単に彼女ができるとは思えない。

（どうすれば……）

顔をあげたとき、線路の向こう側にある看板広告が目に入った。

タンクトップ姿の女性が爽やかな笑みを浮かべており「理想のボディメイク」「夏こそシェイプアップ」「楽しくダイエット」などの文字が躍っている。

（フィットネスクラブか……）

以前からあった看板広告だが、これまでは気にも留めなかった。だが、このタイミングで目に入ったことに運命的なものを感じる。

思いきってフィットネスクラブに入会するのもありではないか。

スポーツはあまり得意ではないが、フィットネスなら誰かと競うわけではない。適度に体を鍛えるのは健康にもいいはずだ。階段を駆けあがっても息切れしなくなり、なおかつカッコいいモテる体になれるのだ。

広告には「初心者歓迎」「体験入会無料」と書いてある。場所も駅のすぐ近くなので、会社帰りに寄れそうだ。

そんなことを考えているうちに、次の電車がやってきた。

呼吸がようやく整って、汗もなんとか引いたところだ。しかし、電車を降りたあとも会社まで走ることになる。朝とはいえ八月なので気温が高い。また汗だくになるのは間違いなかった。

2

土曜日の午後、俊郎は駅の近くにあるフィットネスクラブに向かった。

先日、看板広告で見て、さらにインターネットでも検索して下調べした。体験入会に申しこむと三回分が無料になるという。本会員になる前に、自分に合っているかどうかを試すことができるのだ。

まずはフィットネスクラブの雰囲気を知りたかった。

なにしろ、俊郎はまったくの初心者だ。ダイエットや健康維持が目的の人が多いと安心する。だが、ジムやフィットネスクラブは、本気で体を鍛えている人もたくさんいそうで気後《きおく》れしてしまう。

（バリバリやってる人ばっかりだと、いやだな……）

そんなことを考えているうちに目的の場所に到着した。

――ビューティフル・フィットネスクラブ
そう書かれた看板が目に入った。

ここなら会社帰りに寄れるので、飽きっぽい自分でもつづく気がする。しかも、アパートから徒歩十分ほどだ。会社の近くにもフィットネスクラブはあるが、同僚に知られるのはなんとなく恥ずかしかった。

（でも、なんか本格的だな……）

二階建ての建物の前で立ちどまって逡巡する。

全面ガラス張りのオープンな空間で、一階はトレーニングマシンがいくつも置いてある。二階は外に向けてランニングマシンとエアロバイクがずらりと並んでおり、汗を流している男女が大勢いた。

想像していたよりも大きくて、設備も整っているようだ。しっかりしたフィットネスクラブに違いない。しかし、俊郎のような初心者にとっては、本格的であればあるほど敷居が高く感じられる。

（入りづらいな……）

ここで躊躇《ちゅうちょ》していてもはじまらない。緊張しながら歩み寄ると、自動ドアがスッと開いた。

「こんにちは」

いきなり、若い男性の元気な声が聞こえた。

入ってすぐ受付があり、白いTシャツ姿の男性が立っている。胸板がやけにぶ厚くて、腕も筋肉質で太い。鍛えているのがひと目でわかる逞《たくま》しい体だ。もしかしたら、インストラクターかもしれない。

「会員証をお願いします」

彼は白い歯を見せて爽やかな笑みを浮かべている。

どうしてこんなにもニコニコして、無駄に元気なのだろうか。筋肉量が増えるとポジティブになるというが、まさにその典型ではないか。正直なところ、俊郎の苦手なタイプだ。

「あの、はじめてなんです……体験入会しようかと思って」

気圧《けお》されながらも小声で申し出る。

筋肉ムキムキの男を前にして、すっかりテンションがさがってしまった。まわれ右をして帰りたい気持ちが湧きあがるが、自分を変えてモテる男になりたい一心で踏みとどまった。

「ありがとうございます。それでは、こちらにご記入してください」

男性は決して笑みを絶やさず、体験入会の申込用紙とボールペンをカウンターに置いた。

さっそく氏名と住所、電話番号を記入する。そして事前調査として、簡単な質問事項がある。運動経験の有無や得意な種目、さらにはフィットネスをはじめようと思ったきっかけを選択形式で選ぶようになっていた。

運動不足解消のため。健康維持のため。ダイエットのため。筋トレのため。ストレス解消のため。その他の理由。という六項目から、自分に当てはまるものすべてにチェックを入れる形式だ。

運動経験については体育の授業くらいしかない。得意な種目などあるはずもないので、正直に「なし」と書いた。きっかけは運動不足解消のためと健康維持のためにチェックを入れて男性に手渡した。

「フィットネスクラブは、はじめてですか？」

申込用紙に目を通した男性が口頭で質問する。

「はい……」

俊郎が答えると、彼は大きくうなずいた。

「大丈夫です。はじめての方には、インストラクターがマンツーマンで丁寧に指導します」

そう言って満面の笑みを浮かべる。

俊郎が初心者だとわかって、安心させようとしているのだろう。しかし、男の言葉を聞いたことで、なおさら不安が大きくなった。

(まさか、この人が担当になるんじゃないだろうな……)

考えただけでも逃げ出したくなる。

できることなら、ひとりでマイペースに運動したい。だが、トレーニングマシンや器具の使い方がわからないので、教えてもらうしかない。しかし、この男はきっとバリバリの体育会系だ。やさしいのは最初だけで、そのうち努力、根性、忍耐などと言い出しそうで不安だった。

「さっそくはじめましょうか」

「い、いや、あの……」

思わずつぶやくが、彼には聞こえなかったらしい。パソコンのモニターを見て、なにかを確認している。

(まいったな……)

俊郎は小さく息を吐き出した。

今日からはじめるつもりで、運動用のTシャツとジャージを持参した。しかし、彼が担当になると想像しただけで、気持ちが萎《な》えてしまった。

「ちょうど空いているインストラクターがいます。すぐに呼んでくるので少々お待ちください」

男は立ちあがると、奥の事務所に入っていく。そして、すぐにひとりの女性といっしょに戻ってきた。

「こちらが杉崎さんの担当をするインストラクターです」

彼の紹介を受けて、隣に立っている女性が頭をさげる。

白のタンクトップに黒のスパッツという服装だ。タンクトップは身体にフィットするデザインで、女体のラインが生々しく浮かんでいた。

腰が悩ましい曲線を描いており、大きな乳房がパンパンに張りつめている。スパッツも肌に密着しているため、むちっとした太腿《ふともも》やふくらはぎの優美な形がはっきりわかった。

（なんか、すごいな……）

スポーティで健康的な服装なのに、妙に色っぽく感じる。

とくに気になるのは股間だ。パンティのラインがうっすら浮かんでおり、恥丘のふくらみが生々しい。ついつい視線が吸い寄せられて、いけないと思いつつも凝視してしまう。

（ど、どこを見てるんだ）

心のなかで自分自身に言い聞かせる。

なにしろプライベートで女性と接する機会が極端に少ないので、どうしても意識してしまう。しかし、これ以上はさすがにまずいと思って、懸命に視線を女体から引き剝《は》がした。

「よろしくお願いします」

彼女が丁寧に挨拶して自己紹介をはじめる。

名前は倉本《くらもと》美月《みづき》、インストラクター歴は六年だという。美月が爽やかな笑みを浮かべると、ポニーテイルにまとめている明るい色の髪が静かに揺れた。

(きれいな人だな……)

思わず胸のうちでつぶやく。

自分より年上だと思うが、おそらくまだ二十代だろう。健康的な美女を前にして心臓の鼓動が大きくなる。プロポーションだけではなく、笑顔が眩《まぶ》しくて惹《ひ》きつけられる。挨拶もろくにできないまま、美月の美貌に見惚《みと》れていた。

「体験入会は三回ですけど、今日からでよろしいですか？」

「は、はいっ、もちろんです」

反射的に即答する。

美月が担当してくれるのなら、今日からはじめるつもりだ。先ほどまで萎えていたのが嘘のように気持ちが盛りあがっていた。

「それでは、まずは施設の案内をしますね。こちらにどうぞ」

美月が先に立って歩き出す。

俊郎はとにかく彼女のあとをついていく。受付の前を通りすぎて奥に向かうと、男女の更衣室があった。

「トレーニングウェアはありますか？」

「普通のTシャツとジャージですけど……」

「では、わたしはここで待っていますので、着がえてきてください」

うながされて更衣室に入る。

想像以上に広い空間で、スチール製のロッカーが何列も並んでいた。百くらいはあるのではないか。おそらく女子更衣室も似たような感じだろう。つまり、男女合わせて二百人が同時にトレーニングできるということだ。

更衣室にはシャワーブースも併設されている。ずらりと並んでおり、一度に大勢が利用できるようになっていた。

（フィットネスクラブって、どこもこんなに大きいのか？）

圧倒されながらもTシャツとジャージに着がえて廊下に戻る。すると、美月が笑顔で迎えてくれた。

「準備できましたね」

「なんか、こんな格好ですみません」

俊郎は小声でつぶやいて頭をさげる。

持参したのは、部屋着として使っていたTシャツとジャージだ。スニーカーだけは一応新品だが、ワゴンセールの安物だ。自分の服装がひどく場違いな感じがして恥ずかしかった。

「お気になさらなくても大丈夫ですよ。うちはスポーツジムではありません。あくまでもフィットネスクラブですから」

美月が微笑を浮かべてフォローしてくれる。

主に本格的な筋肉のトレーニングをするのがスポーツジムで、運動不足の解消や健康維持を目的としたものがフィットネスクラブだという。

「幅広い年齢の方がいらっしゃいます。もちろん、本格的なトレーニングもできますが、メインは運動不足の解消や健康維持です。気軽な気持ちで通える場所だと思ってください」

「なるほど……わかりました」

「構えることなく、楽しんでもらえるとうれしいです。では、行きましょう」

美月に先導されて、施設のなかを順番にまわる。

最初に案内されたのは「筋トレエリア」だ。さまざまなマシンが置いてあり、全身の筋肉を鍛えることができる。外から見えていた場所だ。

「マシンの使い方は、あとでわたしが指導します。覚えてしまえば、とくにむずかしいことはないですよ」

美月はそう言うが、ごついマシンを目の前にすると気後れする。

しかし、実際に女性や年配の人もマシンを使っていた。慣れたらできるようになるのだろうか。

次に向かったのが「フリーウエイトエリア」だ。ダンベルやバーベルなどが置いてあり、がっしりした体格の人たちがトレーニングをしていた。

「こちらは、本格的に筋肉を鍛えたい場合に使ってください。杉崎さんは初心者ということですので、最初はマシンを使ったほうがいいでしょう」

さらに二階にあがると「有酸素エリア」があった。

フィットネスバイクとランニングマシンがずらりと並んでいる。どこよりも大勢の人が汗を流していた。

「これなら俺でもできそうですね」

「人気のエリアです。気軽に運動できるので、初心者の方でも負担にならないと思います。まだまだありますよ」

美月が次のエリアに向かう。

俊郎は背後を歩きながら、ふとくびれた腰を見つめた。

引きしまった身体から想像するに、日ごろから節制してトレーニングをしているに違いない。インストラクターだから当然かもしれないが、この体型を維持するのは大変なことだろう。

（それにしても、この尻……）

思わず生唾《なまつば》を飲みこんだ。

スパッツに包まれたヒップは頂点が高くて張りがある。歩を進めるたびにプリプリと左右に揺れて、つい視線が吸い寄せられてしまう。スパッツごしではなく、ナマで見てみたい。

（ああっ、こんな人とはじめてのセックスができたらな……）

そんなあり得ないことを想像すると、ふいにペニスがムズムズした。

勃起の兆《きざ》しを感じて、とっさに尻から視線を引き剝がす。この状況で勃起などしたら最悪だ。ジャージなので、すぐにバレてしまうだろう。

そんな俊郎の邪《よこしま》な気持ちも知らずに、美月は施設のなかを案内してくれる。

室内プール、ヨガやエアロビクスやストレッチなどを行うスタジオ、さらにはマッサージルームやサウナもある。ネイルサロンやエステ、日焼けマシンなどもあり、月会費さえ払えば追加料金なしですべて利用できるという。しかも、二十四時間営業なので、気が向けば深夜でもふらりと立ち寄ることができるのだ。

「どれからやってみたいですか？」

美月がそう言って笑みを向ける。

今はマンツーマンで教えてもらえるのだ。プールで泳ぎたいと言えば、美月の水着姿を拝めるかもしれない。しかし、勃起したら大変だ。やはりここは無難に筋トレエリアか有酸素エリアを選ぶべきだろうか。

「あまりハードなのは、ちょっと……」

「それなら、まずはランニングマシンを試しましょうか。運動不足ということなので、軽く体を動かして汗を流すことからはじめてはいかがですか」

「そうですね。それでお願いします」

俊郎はあっさり了承した。

あくまでも健康のためであって、体をムキムキにしたいわけではない。腹回りの贅肉が取れればそれでいい。ここはプロの提案に従うべきだろう。美月に連れられて有酸素エリアに行くと、窓際に置いてあるランニングマシンに歩み寄る。

「下のベルトが回転するので、その上に乗って走ります。最初は時速四キロほどで軽くウォーキングをして体を温めましょう」

言われるままベルトの上にそっと乗る。

美月がマシンを操作すると、足もとのベルトがゆっくり動きはじめた。普通に歩くくらいのスピードだ。

二階の窓際なので外の様子がよく見える。歩行者からも見えると思うと、少し恥ずかしい。なんとなく見世物になっている気分だ。だが、こちらをじっと見ている人などいなかった。

「腕をしっかり振ってください。そうすることで足を高く引きあげて、全身の筋肉を効率よく使えます」

「こうですか？」

意識して腕を振ってみる。すると、確かに膝が自然と高くあがる気がした。

「いいですね。その調子です。それでは速度を少しだけあげてランニングに入りましょう。脂肪燃焼効果が期待できます。今日は二十分くらい走ってみましょうか」

「二十分ですか……」

そんなに長く走るのは久しぶりだ。きつそうで不安になるが、そんな俊郎の心情を見抜いていたらしい。美月は速度を低めに設定してくれた。

「わたしも隣で走ります。いっしょにがんばりましょう」

そう言って、美月が隣のランニングマシンで走りはじめる。俊郎よりも速いが、涼しい顔で微笑を浮かべていた。

「さすがですね」

「わたしは毎日やっていますから」

しばらくすると、さらに速度をあげる。腕を前後に大きく振り、ポニーテイルがリズミカルに弾《はず》みはじめた。

（ずいぶん速いな……）

走りながら隣にチラリと視線を向ける。

すると、美月のタンクトップに包まれた乳房がタプタプ揺れていた。運動するときは、きっとスポーツブラで押さえるのではないか。それでも大きな乳房は、ポニーテイルと同じリズムで上下に弾んでいた。

（おっぱいって、こんなに揺れるのか）

フィットネスクラブの新たな楽しみを見つけた気分だ。

外の景色を眺めているより、ずっと気分転換になる。ただ勃起しないようにするのは大変だ。ときどき視線をはずして気をそらしては、再び横目で乳房を見つめることをくり返した。

やがて二十分が経ち、クールダウンに入る。速度を落として数分のウォーキングをすることで、心臓への負担を減らすのだ。隣で美月が走ってくれたおかげで、二十分はあっという間だった。

「いかがでしたか？」

美月が額に浮かんだ汗をタオルで拭いながら話しかけてくる。

あれほどの速度で走ったにもかかわらず、ほんの少し汗ばんだだけで呼吸は乱れていなかった。

「意外と短く感じました」

それは美月の弾む乳房を見ていたからだ。

おかげで二十分はあっという間だったが、気づくと息が切れており、全身汗だくになっていた。

「でも、やっぱり疲れました」

見栄を張っても仕方ないので正直に告げる。少しランニングしただけなのに、脚が重くなっていた。

「二十四歳でこれは、かなりやばいですよね」

「大丈夫です。わたしも最初は疲れました。それでも、つづけるうちに体が慣れてくるんです」

美月はそう言ってくれるが、つづける自信がなかった。

「でも、倉本さんは昔から運動が得意なんですよね？」

いわゆる体育会系の人の意見はあまり参考にならない。美月はインストラクターなのだから、学生時代から部活などでバリバリに運動していたタイプだろう。

「大学時代はテニスサークルに所属していただけで、それほど運動をしていたわけではないんです。むしろ二十八歳になった今のほうが体力があります。継続することが大切なんです」

年を取ってからでも体は鍛えられるという。反射神経はどうしても落ちるが、筋トレの効果は必ず出るらしい。

「そう言われてみれば、年配の方も多いですね」

周囲を見まわすと、自分の両親より年上と思われる人たちが大勢いる。

しかも、慣れた感じで、ランニングマシンやフィットネスバイクで汗を流しているのだ。もしかしたら、自分より体力があるのではないか。そう考えると、ますます自分の体力不足に危機感を覚えた。

「疲れたのなら、今日はこれくらいにしましょうか？」

美月が様子をうかがうように顔をのぞきこんだ。

そのとき、タンクトップの襟《えり》ぐりから、乳房の谷間がチラリと見えた。前屈みで両手を膝についているため、自分の腕で双《ふた》つの乳房が寄せられている。白い肌がうっすら汗ばんで、ヌラヌラと光っていた。

（おおっ……）

思わず視線が吸い寄せられる。

童貞の俊郎にとっては衝撃的な光景だ。なにしろ、ほんの少し手を伸ばせば触れられる距離に、乳房が迫っているのだ。もはや言葉を発することができなくなり、柔らかそうな乳房の谷間を凝視した。

「初日から無理はしないほうがいいですね」

美月がそう言って身体を起こす。乳房の谷間が見えなくなったことで、俊郎は我に返った。

「も、もう少し、つづけたいです」

慌てて継続を申し出る。

せっかく美人のインストラクターがマンツーマンで指導してくれるのだ。この貴重な時間を終わらせたくなかった。

「大丈夫ですか？」

「は、はいっ、もちろんです」

美月の顔を見ていると、不思議と疲れが吹き飛んだ。

「それではフィットネスバイクを試しましょう」

同じ有酸素エリアのなかにあるフィットネスバイクへと移動する。

実際にやったことはないが、目にする機会は何度かあった。自転車のようにサドルにまたがり、ペダルを漕《こ》ぐマシンだ。

「まずは、またがってください」

「こうですか」

フィットネスバイクにまたがってハンドルを握る。自転車とほぼ変わらないポジションだ。

「このパネルでペダルの強度を設定します」

美月がハンドルの中央にあるパネルの操作を説明する。体力に合わせて負荷を変えることができるという。

「強度を高くしすぎると、脚が太くなってしまう場合があります。とくにダイエット目的の女性は、軽い負荷でやることをオススメしています」

本来は有酸素運動を目的としたマシンだが、強度が高くなると筋トレの効果が出てしまうらしい。

「俺は太くなっても構わないですけど」

「それなら慣れてきてから強度をあげてもいいですね。今日は初日なので軽めにしておきましょう」

美月が設定してくれた強度でペダルを漕ぎはじめる。

考えてみれば久しく自転車に乗っていない。自転車通学をしていた高校生のとき以来だ。懐かしい感じがするが、ペダルは意外と軽かった。

(これなら、いくらでも漕げそうだな)

もう少し強度を高めてもいいのではないか。そんなことを考えていると、隣のフィットネスバイクに美月がまたがった。

「最初は軽いと思っても、だんだんきつくなってきますよ」

そう言って、手本を示すようにペダルを漕ぎはじめる。

「はンっ……」

そのとき、美月の唇から微かな声が漏《も》れた。

(ずいぶん、きつそうだな)

隣をチラリと見やる。

強度が高めなのか、ハンドルを強く握っている。ペダルを踏みこむ脚にも、やけに力がこもっていた。

だが、それ以上に女体の艶《なま》めかしい動きが気になった。

サドルに乗っている尻が、ペダルを漕ぐたびにプリプリと左右に揺れるのだ。スパッツを穿いて前傾姿勢になっているため、尻たぶのボリュームが強調されている。引きしまった身体をしているが、双臀《そうでん》には脂《あぶら》が乗ってむっちりしていた。

しかも、サドルの細い先端が、股間に食いこんでいる。

敏感そうな部分を、サドルの先端が圧迫していた。しかし、ペダルを漕いでいるため、常に見えているわけではない。膝が上下に動いているので、股間が見え隠れしているのだ。

（クソッ、よく見えないな……）

もどかしさに歯嚙《はが》みする。

じっくり見たいのに、膝が邪魔でそれができない。いつしか視線をそらせなくなっていた。

「ちゃんと前を見てくださいね」

ふいに美月の声が聞こえてはっとする。

夢中になるあまり、気づくと前屈みになって凝視していた。恐るおそる顔をあげると、美月と目が合った。

「よそ見をしていると危ないですよ」

やさしげな笑みを浮かべて注意するが、怒っている様子はない。だが、俊郎の邪な視線には気づいていたはずだ。

「す、すみません」

小声で謝罪して前を向く。

つい夢中になってしまった。最低のことをしたと反省するが、美月はなにごともなかったようにペダルを漕いでいる。

もしかしたら、見られることに慣れているのかもしれない。これほどのプロポーションなら、卑猥《ひわい》な目を向けられることはめずらしくないだろう。だからといって、見ていいはずがない。

(すみませんでした……)

俊郎は心のなかでもう一度謝罪すると、ペダルを漕ぐことに集中した。

3

翌々週の水曜日、俊郎は仕事を終えて帰宅する途中、フィットネスクラブに立ち寄った。

一回目のあとは、運動不足が祟《たた》って筋肉痛になった。

翌朝の日曜日、目が覚めると足腰が張っていた。ランニングマシンだけでやめておけばよかったのに、美人のインストラクターでテンションがあがり、フィットネスバイクまでやったのが間違いだった。

とくに太腿の痛みがひどくて、立ちあがるのに苦労した。念のため初回は休日の前日にしておいて正解だった。どうなることかと思ったが、月曜日にはだいぶ回復していた。

　そして、完全に治ると美月に会いたくなり、再び土曜日にフィットネスクラブへ向かった。

　美月は変わらぬ笑顔で接してくれた。筋肉痛になったことを伝えると、前回と同じメニューで様子を見ることになった。またしても並んでランニングマシンとフィットネスバイクで汗を流した。

　美月の揺れる乳房やむっちりした尻、それにサドルが食いこむ股間を観察したのは言うまでもない。前回の反省を踏まえて、凝視しないように気をつけた。細心の注意を払ったので、美月にはバレていないだろう。

　そして、今回が体験入会の最後となる三回目だ。

　二回目のあとは筋肉痛にならなかったので、間を置く必要がなかった。それに本会員になったときのことを想定して、平日に来てみたかったというのもある。会社帰りに寄れるのかどうか、体験入会の間に試したかった。

　受付で体験入会の仮会員証を見せて、まっすぐ更衣室に向かう。三回目なので要領はわかっている。Tシャツとジャージに着がえると、とりあえず有酸素エリアに足を運んだ。

「こんにちは」

すぐに美月が歩み寄ってきた。

どうやら俊郎が現れるのを待っていたようだ。担当のインストラクターなので、受付から連絡があったのだろう。

「どうも、よろしくお願いします」

俊郎はさりげなく身体を見まわしながら頭をさげる。

この日も美月は白いタンクトップに黒のスパッツという服装だ。何度見ても素晴らしいプロポーションに圧倒されてしまう。引きしまった身体は、下手《へた》なグラビアアイドルでは太刀《たち》打ちできないほど完璧だ。

「体験入会の三回目ですね。今日はなにをやりましょうか」

美月が柔らかい笑みを浮かべて尋ねる。

「せっかくなので、筋トレのマシンを使ってみたいです」

俊郎は悩むことなく即答した。

もし本会員になったら、おそらく有酸素エリアと筋トレエリアの利用頻度《ひんど》が高くなるだろう。無料のうちに筋トレマシンを試しておきたかった。

「では、行きましょう」

美月に連れられて筋トレエリアに移動する。

平日の午後七時すぎだが、思ったよりも大勢の人がいた。年齢層は二十代から五十代くらいまでと幅広い。会社帰りに寄る人が多いのかもしれない。それぞれマシンに向かって、黙々と汗を流していた。

インストラクターもいるが、マンツーマンで指導しているわけではない。特定の会員ではなく、エリア全体を見守っている感じだ。

「みんな、ひとりでやってるんですね」

「バーベルやダンベルなどを使うより、マシンのほうが安全なんです。マシンならウエイトと違って、体の上に落としたりすることはありませんから」

そう言われて納得する。

バーベルやダンベルは補助の人をつける必要があるが、マシンなら使い方さえ覚えてしまえばひとりでもできるのだ。

「それにマシンは動きが決まっているので、フォームが崩れることはありません。だから、目的の筋肉を効率的に鍛えることができるんです」

「なるほど……でも、それならウエイトよりもマシンのほうがいいってことになりますよね」

素朴な疑問が湧きあがる。

安全でなおかつ効率的に鍛えられるのなら、ウエイトを使う意味はないのではないなかった。

か。そうなってくると、もはやフリーウエイトエリアが設けられている理由がわから

「ウエイトだと微調整が効くから、より広範囲の筋肉を鍛えられます。それにマシンのように体を固定しないので、自分で姿勢を保たなければなりません。その結果、自然と体幹トレーニングにもなるんです」

「へえ、だからフリーウエイトのエリアもあるんですね」

俊郎は納得してうなずいた。

その一方で、自分はウエイトを使うことはないだろうと思う。まだ本会員になるか決めたわけではないが、いずれにせよ本格的に鍛えるつもりはない。体は引きしめたいが、筋肉ムキムキになる必要はなかった。

「鍛えたい筋肉はありますか？」

「とくには……とりあえず、マシンを使ってみたかっただけで……」

「では、こちらのマシンはいかがでしょうか」

美月に勧められたのは、チェストプレスというマシンだ。

椅子に腰かけて、胸の左右にあるバーをつかみ、前に押し出す動きをくり返す。大胸筋、上腕三頭筋、三角筋などが鍛えられるという。

いかにも筋トレという感じできつそうだ。マシンもやけに大きくて、見るだけで圧

倒された。

「胸板が厚くなって、男らしい体になりますよ」

美月がさりげなく放った言葉が、俊郎の心を揺り動かす。

（それって、モテる体になるってことでは……）

健康維持だけではなく、女性にモテるようになることも目的のひとつだ。男らしい体になれるのなら、このマシンはうってつけだ。

「いいですね。やります」

乗り気になってチェストプレスの椅子に腰かける。そして、さっそく左右のバーのグリップを握りしめた。

「慌てないでください。まず、わたしがやるので手順を覚えてください」

そう言われて、いったん立ちあがる。すると、美月が入れ替わって椅子に腰をおろした。

「まずは、座面の下にあるレバーで椅子の高さを調節します。胸のトップとグリップの高さが同じになるようにしてください。そして、重量の設定ですが、十回くらいで限界になるのが理想です」

美月はグリップを握ると、バーを前方にゆっくり押し出した。

「このとき、大胸筋を使うことを意識してください。反動をつけてはいけません。背中を椅子の背もたれにつけたまま、バーを前後に動かします」

「なるほど……」

俊郎は懸命に平静を装《よそお》って返事をする。

マシンの使い方はわかったが、見事な乳房に視線が吸い寄せられていた。美月がバーを前方に押し出すたび、タンクトップに包まれた乳房がタプンッと揺れる。しかも肘を張って左右に開く形なので、腋《わき》の下がまる見えだ。無駄毛の処理が完璧で、ツルリとした肌が露出していた。

（やっぱり、いいなぁ……）

俊郎は思わず腹のなかで唸った。

白い腋の下と揺れる乳房がセットで絶景となっている。フィットネスクラブでなければ、なかなか拝める光景ではない。せっかくなので記憶に焼きつけようと思って凝視した。

「こんな感じです。わかりましたか？」

「は、はい……俺もやってみます」

慌てて視線をそらして返事をする。そして、美月と入れ替わると、まずは椅子の高さを調節した。

「はじめてなので、重さは軽めにしておきますね」

　重量は美月が設定してくれる。俊郎はグリップをしっかり握ると、ゆっくり前方に押し出した。

「そうです。大胸筋を意識してください。上手ですよ」

　美月が褒めてくれるので、気持ちよくトレーニングできる。俊郎はうれしくなり、張りきってバーを前後に動かした。

「はい、十回です。終わってください」

「まだできますよ」

　重量を軽めに設定してもらったので余裕がある。もう少しやりたかったが、とめられてしまった。

「はじめてなので無理はしないでください。次回は重量を少し増やしましょう」

　美月はそう言うが、今日は体験入会の最終日だ。本会員にならなければ、次回はない。そのことを忘れているのだろうか。

「下半身も鍛えてみませんか」

　次に勧められたのは、レッグカールというマシンだ。

　椅子に腰かけて膝を曲げ伸ばしすることで、太腿裏のハムストリングスという筋肉を鍛えるという。

　まずは美月がレッグカールの椅子に腰かける。太腿と膝下にパッドを当てて、あとは膝をゆっくり曲げ伸ばしするだけだ。

俊郎の視線は当然ながら、美月のスパッツに包まれた下肢に向く。優美な曲線を描く太腿とふくらはぎ、それに恥丘のふくらみが気になって仕方がない。マシンの使い方を覚えるフリをして、女体を舐《な》めるように見つめていた。

(本会員になれば、これを好きなだけ見られるんだよな……)

そんなことをぼんやり考える。

だが、立派なフィットネスクラブだけあって会費は安くない。いろいろ調べたところ、もっと会費が安いところがあると知った。駅から少し離れていたり、マシンの数が少なかったりするが、どちらにするか決めかねていた。

「それでは交代しましょう」

「はい……」

交代してマシンに座る。パッドに脚をかけると、膝をゆっくり曲げ伸ばしする運動を十回くり返した。

「これは効きますね」

太腿裏の筋肉が軽く張っている。たった十回だが、明日になったら筋肉痛になっているかもしれない。

「重量の設定が重すぎたかしら。念のためマッサージを受けますか?」

「マッサージですか……」

そう言われて思い出す。このフィットネスクラブにはマッサージルームもあり、追加料金なしで施術が受けられるという。

「そうですね。せっかくだからお願いします」

きっと専門の整体師がいるのだろう。プロにマッサージしてもらえば、筋肉痛も軽くてすむかもしれない。

「では、行きましょう」

美月につづいて筋トレエリアをあとにする。そして、廊下を進んだ先にあるマッサージルームに移動した。

4

「個室なんですね」

俊郎はぽつりとつぶやいた。

マッサージルームは個室になっている。部屋の中央に施術台があり、小さな棚にテーピングやサポーターなどが置いてあった。

（狭いな……）

それが正直な感想だ。

なにしろ、このフィットネスクラブは立派で設備も整っている。だから、きっとマッサージルームも広くて、施術台がいくつも並んでいると思っていた。個室とはいえ意外なほど狭かった。

「では、これに着がえて、施術台の上で仰向《あおむ》けになってお待ちください」

美月はそう言うと、濃紺の衣類らしき物を差し出す。そして、俊郎を残してマッサージルームから出ていった。

おそらく、入れ替わりに専門の整体師かマッサージ師が来るのだろう。俊郎は手渡された衣類らしき布地をひろげた。

(なんだこれ？)

思わず首をかしげる。

それは濃紺の紙パンツだった。しかも、両サイドが紐《ひも》状になっており、かろうじてペニスが隠れるほどの面積しかない。

(なんか、恥ずかしいな……)

これだけを渡されたのだから、紙パンツ一丁になれということだろう。

しかし、どうしても淫らな行為を想像してしまう。こういう紙パンツを穿いてオイルマッサージを受けるＡＶを見たことがあるのだ。俊郎は風俗に行った経験すらないが、いかがわしいマッサージが脳裏に浮かんでいた。

（いや、そんなはずは……）

慌てて首を左右に振り、卑猥な妄想を打ち消す。

このフィットネスクラブには、ネイルサロンやエステもあるのだから、きっと本格的なマッサージをするに違いない。俊郎は意を決して服を脱ぐと、紙パンツだけを穿いて施術台にあがった。

（でも、シャワーは浴びなくてよかったのか？）

全身がうっすらと汗ばんでいる。

今日はそれほどでもないが、ランニングマシンやフィットネスバイクのあとだとしたら汗だくだ。天井を見つめながらそんなことを考えていると、ノックの音が聞こえてマッサージルームのドアが開いた。

「失礼します」

入ってきたのは美月だ。

トレーニングウェアから白い施術着になっている。とはいっても、下半身は長ズボンではなく短パンだ。引きしまった美脚が剝《む》き出しで、しかもストッキングを穿いていないので妙に生々しい感じがした。

「どうして倉本さんが……」

「わたし、こう見えても施術師の資格を持っているんです」

美月はそう言って笑みを浮かべる。

驚いたことにインストラクターだけではなく、マッサージもできるという。俊郎としてはうれしいが、別の人が来ると思っていたので焦ってしまう。今は紙パンツ一枚しか穿いていないのだ。

(やっぱり恥ずかしいな……)

気になっている女性に見られると羞恥がこみあげる。だが、美月は慣れているのか気にしている様子はなかった。

「では、はじめますね」

美月は施術台の右横に立つと、俊郎の前腕を揉みはじめる。肌がじっとり汗ばんでいるが、表情ひとつ変えなかった。

「すみません、汗が……」

「大丈夫ですよ。ここでは汗をかくのが当たり前ですから。施術台は使うたびに消毒しますから、お気になさらないでください」

そう言われても、汗まみれの体に触れられるのは抵抗がある。さらには紙パンツが汗で濡れて破れないか心配だ。

「あの……みんな、この格好でマッサージを受けるんですか?」

「どうして、そんなことを聞くんですか？」

美月が不思議そうに顔をのぞきこむ。少し前屈みになったことで、施術着の襟もとから乳房の谷間がチラリと見えた。

「あ、汗で破れるんじゃないかと思って……」

懸命に平静を装いながら答える。

視線が乳房の谷間に向きそうになるが、美月の目を見つめることでなんとかこらえた。しかし、視線がからむことで、胸の鼓動が速くなってしまう。しかも、今は腕を揉まれているのだ。意識するなというほうが無理な話だ。

「簡単には破れませんよ。それに、たとえ破れたとしても、ここは個室で窓もないので、誰かに見られることはありません」

「でも、倉本さんが……」

外から見られる心配はないが、目の前に美月がいる。なによりも彼女に見られるのがいちばん恥ずかしい。

「ドアには鍵《かぎ》もかかっているので安心してください」

「鍵がかかってるんですか？」

思わず声が大きくなる。

それはつまり密室ということではないか。なにか起きるはずがないのはわかっているが、美人インストラクターと密室でふたりきりだと思うと、心臓がますます大きな音を立てて拍動をはじめた。

「どうして、鍵なんて……」

「紙パンツが破れたときのことを心配していたじゃないですか。万が一のとき、見られたら困るでしょう」

確かにそのとおりだが、なにかおかしい気がする。そもそも、本当に全員が紙パンツを穿くのだろうか。

「さっきも聞きましたけど、みんな、この紙パンツを穿くんですか？」

「オイルマッサージをする会員さんだけです」

美月の言葉にドキリとする。

つまり、これからオイルマッサージをするということだ。やったことはないが、卑猥なイメージがあり、期待がふくれあがってしまう。

「オ、オイルですか……」

「ええ、筋肉をほぐすのに効果的なんです。チェストプレスを使ったので、肩と大胸筋を重点的にマッサージしましょう」

美月はそう言うと、棚から小さなボトルを取り出した。

「これを使ってマッサージします。垂らしますね」

俊郎の胸の上でボトルを傾ける。

オリーブオイルのように少し黄色がかっているが、香りはほとんどない。トロトロ垂らしながら軽く一周させると、さっそく美月が両手を大胸筋にあてがった。

ヌルッ――。

いきなり、手のひらがオイルで滑る。

大胸筋の上で円を描くようにゆっくりまわす。ヌルヌルとした感触が心地よくて思わず声が漏れそうになる。俊郎は慌てて唇を真一文字に引きしめてこらえるが、手のひらの動きはとまらず、次々と妖《あや》しい感覚が押し寄せた。

（ううっ……や、やばい）

早くもペニスが反応しそうになる。

慌てて気持ちを引きしめるが、美月の手はゆっくり動きつづけているのだ。オイルを塗り伸ばしては、ヌルヌルと肌をやさしく撫でている。

「こ、これがオイルマッサージですか？」

俊郎は困惑して尋ねる。

なにしろオイルマッサージを受けるのは、これがはじめてだ。オイルを使ったマッサージがあるということは知っているが、実際にどういうものなのかはまったく知らなかった。

「オイルを使うことで保湿や美肌効果もあって、リラックスできるんです。気持ちいいでしょう？」

美月が微笑を浮かべて見おろす。

施術台の横に立ち、仰向けになった俊郎に覆いかぶさるような格好だ。そのため施術着の襟もとからのぞく乳房の谷間が強調されていた。

「き、気持ち――くううッ」

言葉を返そうとするが、途中から呻《うめ》き声に変わってしまう。

大胸筋を撫でる美月の指先が、乳首をかすめたのだ。その瞬間、電流のような快感が走り抜けて、体がビクッと反応した。

「痛かったですか？」

美月がささやくような声で尋ねる。

「い、痛くは……ううッ」

「痛くないならつづけますね」

美月はなにごともなかったようにマッサージを継続する。大きな円を描くように手のひらをゆったり動かした。

「んんッ……」

またしても指先が乳首に触れて声が漏れてしまう。

だが、美月は手の動きをとめずに大胸筋を撫でつづける。指先が何度も乳首に触れて、そのたびに体が反応した。

（偶然だよな？）

なにかおかしい気がしたが、美月は真剣な表情でマッサージをしている。口を挟むことができず、とにかく耐えるしかなかった。

しかし、乳首はオイルまみれで、指先でヌルヌル刺激されているのだ。やがて充血して、ぷっくり隆起してしまう。すると、ますます感度がアップして、全身がビクビクと波打った。

「大胸筋はそれほど張っていませんね」

美月の両手の指先が、大胸筋の両側にすっと移動する。そして、オイルのヌメリを利用して腋の下に滑りこんだ。その直後、オイルを塗りこむように、腋の下で指先をクチュクチュと動かした。

「くううッ」

こらえきれない呻き声が漏れて、反射的に体をよじった。

くすぐったさの向こうに、妖しい快感が見え隠れしている。腰が左右に揺れて、もうこれ以上は耐えられない。

「く、くすぐったいですっ」

たまらず訴えると、美月の手は大胸筋に戻った。

「敏感なんですね」

そう言って、唇の端を微かに吊りあげる。

この状況を楽しんでいるのではないか。これは本当にマッサージなのか疑問が湧きあがる。問いただそうとするが、美月は再び大胸筋を撫でまわす。手のひらで乳首を転がされると、せつない快感が募っていく。

（や、やばいっ……）

声をこらえるので精いっぱいだ。

このままつづけられたら、きっとペニスが反応してしまう。内心焦っているが、この状況では逃げも隠れもできない。

（頼む、早く終わって）

胸のうちで懸命に祈る。

すると、美月の手が大胸筋からすっと離れた。ようやく終わったと思って安心した直後、臍《へそ》の下から太腿にかけてヌルッとした感触がひろがった。

（えっ……）

首を持ちあげて己《おのれ》の下半身に視線を向ける。

なぜか美月がボトルを傾けており、またしてもオイルを垂らしていた。すでに下腹部と太腿がヌメヌメと光っている。紙パンツも湿っており、濃紺だったのが黒っぽく変色していた。

「な、なにを……」

「レッグカールで太腿の筋肉を使いましたよね。あとで疲労が出てくるかもしれません。ハムストリングスもマッサージしておいたほうがいいです」

そう言われたら、断るのはおかしい気がする。

俊郎は小さくうなずくが、すでに紙パンツはオイルまみれでしっとりしている。ペニスの形が浮かびあがっているのが気になった。

だが、美月は気にすることなく、両手を下腹部へと滑らせる。臍の下をゆったり撫でて、紙パンツの縁を指先で何度もなぞった。さらに両手は太腿へとさがり、オイルを塗り伸ばしながら内股へと入りこんだ。

「そ、そこは大丈夫です」

くすぐったさに身をよじり、慌てて訴える。反射的に脚を閉じるが、その結果、美月の手を挟みこんでいた。

「く、くすぐったいですっ」

「では、手を抜くので脚を開いてください」

美月はそう言うが、内股の間で指先をモゾモゾ動かしているのだ。くすぐったさが増大して、とてもではないが脚を開けない。それどころか、ますます脚に力が入ってしまう。

「ちょ、ちょっと待って……ううウッ」

「そんなに強く閉じたら手が抜けないですよ」

「だ、だって……くううッ」

脚を開かなければ、手を抜いてもらえない。わかっているが、どうしても力を抜くことができない。手を強く挟みこんで、くすぐったさに身悶えする。

「開かないのなら、このまま太腿をマッサージしますね」

美月の手のひらが、内股の間で動き出す。膝までさがったと思ったら、今度は股間に向かってあがりはじめた。

「ま、待ってください……」

そう言っている間にも刺激が強くなり、ペニスがムズムズ反応してしまう。全身の血液が股間に流れこむのがわかり、ふくらんでいくのを実感した。

(ダ、ダメだ。今はダメだ……)

勃《た》たないでくれと心のなかで必死に祈る。

しかし、刺激はつづいており、とてもではないが耐えられない。ペニスは瞬く間に勃起して、紙パンツを内側から持ちあげた。

「あっ……」

美月が小さな声を漏らす。内股の間で手の動きをとめると、そのまま黙りこんで固まった。

（バレた……）

俊郎は絶望的な気持ちになって目を閉じた。

勃起していることがバレたのだ。マッサージしてもらっている最中に勃起するとは最悪だ。罵声を浴びせかけられると思って肩をすくめる。ところが、美月は黙りこんだままだった。

恐るおそる目を開ける。すると、美月はなぜか微笑を浮かべて、俊郎の顔を見おろしていた。

5

「お気になさらなくても大丈夫ですよ。若いから仕方ないですよね」

美月は怒るどころか、気遣《きづか》う言葉をかけてくれる。

そして、内股の隙間に滑りこませた両手を、股間に向かって滑らせた。やがて指先が陰嚢《いんのう》に触れて、甘い刺激がひろがった。

「ううッ……」

思わず声が溢れ出す。

オイルまみれの紙パンツごしに、美月の指が触れている。しかも、陰嚢をスリスリと撫でられて、肉棒がますます硬くそそり勃った。

「すごいわ。紙パンツが破れてしまいそうよ」

「す、すみません」

「謝らなくていいのよ。苦しそうだから、紙パンツを脱がすわね」

美月はそう言うなり、内股の間から手を抜いて紙パンツに指をかける。そして、有無を言わせず一気に引きさげた。抑えを失ったことで、勃起したペニスが勢いよく跳ねあがった。

「ああっ、大きい」

思わずといった感じで美月がつぶやく。

屹立《きつりつ》したペニスを見つめて、妖しげな笑みを浮かべている。紙パンツを足から抜き取り、俊郎は全裸にされてしまった。

「ど、どうして、こんなこと……」

顔が熱くなって赤面しているのを自覚する。

剝き出しのペニスを手で覆い隠そうか迷ったが、そんなことをすればなおさら恥ずかしくなりそうだ。結局、両手は体の両脇に置いたままで、美月の視線に耐えるしかなかった。

「顔がまっ赤ですよ。どうしたんですか？」

「は、恥ずかしいです」

消え入りそうな声で答える。

すると、美月が抑えた声で微かに笑う。そして、俊郎の顔と勃起したペニスを交互に見つめた。

「もしかして、女の人に見られたことないの？」

確信しているような言いかただ。

俊郎が赤面しているのを見て、悟ったのかもしれない。いきなり図星を指されたことで、俊郎はなにも言えずに目をそらした。

「やっぱりそうなのね」

美月は小さくうなずくと、左右の手をペニスの両脇にそっと置く。そして、きわどい部分をスリッ、スリッと撫ではじめた。

「こ、これもマッサージですか」

「もちろん、そうですよ」

美月の指先が、竿《さお》のつけ根に接近する。しかし、あと少しのところで、すっと離れてしまう。

「あっ……」

竿のすぐ近くを撫でられて、もどかしい感覚がひろがっていく。思わず焦《じ》れた声が漏れると、美月は内心を見透かしたようにふふっと笑った。

「触ってほしいの？」

「そ、それは……」

自分から要求するのは憚《はばか》られる。

ここはフィットネスクラブだ。淫らなことをする場所ではない。

しかし、美月が行っているのは、もはやマッサージではなく愛撫だ。女性に愛撫されるのなど、もちろんはじめての経験だ。指先が今にも竿に触れそうで、否応なしに期待がふくれあがっていく。

「先っぽが濡れてるわ」

美月に指摘されて股間を見やる。

すると、張りつめた亀頭が透明な汁で濡れ光っていた。我慢汁が大量に溢れて、竿にもトロトロと垂れている。この状況で興奮するなと言うほうが無理な話だ。こうしている間も、尿道口から新たな汁が湧き出していた。

「どうして、こんなに濡れてるの？」

「そ、それは――ううッ」

俊郎の声は途中から呻き声に変化する。

ついに美月のほっそりした指が竿のつけ根に触れたのだ。そっと巻きついて、やさしくキュウッと握られた。

「うううッ、ダ、ダメです」

快感が湧きあがり、慌てて尻の筋肉に力をこめる。そうしなければ、精液が噴き出してしまいそうだ。

「まっ赤になっちゃって、かわいい。ねえ、杉崎さんって、童貞なんでしょう」

「は、はい……」

つい素直に答えてしまう。

童貞だと知られるのは恥ずかしい。だが、ペニスを握られて、経験したことのない甘い刺激がひろがっている。今にも射精してしまいそうな状況で、ごまかす余裕などなかった。

「やっぱりそうなのね。恋人はいるの？」

「い、いえ……」

もはや美月の言いなりだ。

ペニスを握られて、聞かれるままに答えてしまう。射精欲を抑えこむのに必死で、ほかのことに気がまわらない。

「それなら、わたしがもらってもいいかしら」

「ど、どういうことですか？」

まさかと思いながら尋ねる。

期待と興奮がふくらみ、勃起しているペニスがピクッと跳ねた。こんな美女が初体験の相手をしてくれたらと妄想したことはある。だが、いざ現実になるかもしれないと思うと、困惑を隠せなかった。

「童貞を卒業したいんじゃない？」

美月はペニスを二、三回、軽く擦ってニヤリと笑う。

我慢汁がどっと溢れて、快感が大きくなる。このままでは、あっという間に達してしまいそうだ。

「ううッ、も、もうっ……」

「まだ出したらダメよ」

あと少しのところで、美月の手がペニスからすっと離れる。絶頂寸前でお預けされて、俊郎は無意識のうちに腰を左右によじった。

「もう我慢できないって感じね」

美月が施術着のボタンを上から順にはずして、前をはだけさせる。そのまま上着を脱ぐと、純白のブラジャーが露《あらわ》になった。

「キミに見せることになるかもしれないと思ったから、ブラも着がえたのよ。スポーツブラじゃ味気ないでしょう」

そう言いながら、美月は短パンもおろしてつま先から抜き取る。すると、ブラジャーとセットの純白パンティが現れた。

これで女体に纏《まと》っているのはブラジャーとパンティだけになった。

美月は見せつけるように、その場でゆっくり一回転する。そして、両手を背中にまわして、ブラジャーのホックをはずす。とたんにカップが弾《はじ》け飛んで、双つの乳房がプルルンッと勢いよくまろび出た。

(おおっ……)

俊郎は思わず腹のなかで唸り、目を見開いて凝視する。

はじめてナマで見る女性の乳房だ。白くて張りがあって、たっぷりしている。先端で揺れる乳首は鮮やかなピンクだ。美月も興奮しているのか、乳首はすでに硬くなっており、乳輪まで隆起していた。

(す、すごい……すごいぞ)

状況が把握できないが、とにかく乳房に惹きつけられる。

童貞の俊郎には、なにもかもが刺激的だ。乳房は柔らかそうに揺れており、見ているだけで欲望がふくれあがる。硬いままのペニスがピクッと跳ねて、先端から新たな我慢汁が溢れ出した。

「元気なのね。素敵よ」

美月は前屈みになってパンティをおろす。つま先から抜き取り、ついに一糸まとわぬ姿になった。

恥丘には逆三角形に手入れされた陰毛が生えている。猫の毛のように柔らかそうな繊毛だ。白い肌と漆黒の陰毛のコントラストがじつに美しい。ここまで来たら、股間の奥も拝みたかった。

「女の身体を見るの、はじめてなんでしょう」

「は、はい……」

緊張で喉がカラカラに渇いている。それ以上なにも言うことができず、ただ目の前の女体を凝視していた。

「夢中になっちゃって、杉崎くんって本当にかわいいわね」

美月の口もとに妖しげな笑みが浮かんだ。

いつの間にか、呼び方が「杉崎さん」から「杉崎くん」に変わっている。だが、悪い気はしなかった。

「み、美月さん……」

俊郎も思いきって美月のことを名前で呼んでみる。

すると、美月はふふっと楽しげに笑って腰をよじった。たったそれだけで距離が縮まった気がする。できることなら、もっと近づきたいと思う。すると、美月が施術台にあがり、俊郎の股間をまたいで膝立ちになった。

「この施術台、大きめのサイズなの。いつでも、こういうことができるようになっているのよ」

美月は身体をそらして股間を突き出す。そうすることで、内股の奥の秘めたる部分が剝き出しになった。

（こ、これが、美月さんの……）

思わず両目をカッと見開いた。

信じられない光景が目の前に広がっている。美人のインストラクターが自ら股間を見せつけているのだ。逆三角形の陰毛のすぐ下に、サーモンピンクの割れ目が息づいている。しっとりと濡れており、蛍光灯の明かりを受けてヌラヌラと妖しげな光を放っていた。

「見るのもはじめてなんでしょう。ほら、よく見て」

美月がさらに股間を突き出す。

しかし、俊郎は言葉を発する余裕もない。はじめてナマの女性器を目にして、異常なほどの興奮を覚えている。インターネットでは見たことがあるが、やはりナマは迫力が違う。

（なんて、いやらしいんだ……）

いつしか呼吸が荒くなっている。まるで全力疾走したあとのように、ハアハアと喘いでいた。

「興奮してるのね。ここに挿《い》れたい？」

「で、でも……」

この期に及んで、まだ躊躇している。

もちろんセックスしたい気持ちはあるが、素直に欲望を口にできない。童貞ゆえに羞恥が先立ってしまう。自分から求めるのはハードルが高かった。

「遠慮しなくていいのよ。このマッサージルームは防音になっているの。大きな声をあげても、誰にも聞こえないわ」

美月が右手を自分の股間に伸ばして、人さし指と中指を陰唇の両側に添える。そして、じわじわと左右に開いていく。

「あぁっ……ここに挿れるのよ」

喘ぎまじりの声になっている。美月も昂《たかぶ》っているのかもしれない。そう思うと、俊郎の興奮もますます高まった。

陰唇がクパッと開いて、赤々とした膣口《ちつこう》が奥まで見える。襞《ひだ》が幾重にも折り重なっており、しかも大量の蜜で濡れていた。ここにペニスを挿入したら、どんなに気持ちいいのだろうか。

（美月さんのなかに、俺のチ×ポを……）

想像しただけで我慢汁がドクッと溢れる。頭のなかが熱くなり、目の前の光景がどぎつい赤に染まっていく。

「希望するなら、セックスのインストラクターもしてあげる」

「い、挿れたい……挿れたいですっ」

ほとんど無意識のうちに口走っていた。

「やっと言えたわね。ご褒美をあげるわ」

美月は右手でペニスをつかむと、亀頭を膣口に誘導する。そして、入口にあてがうなり、腰をゆっくり落としはじめた。

「あっ……大きい」

亀頭がヌプッと泥濘《ぬかるみ》に沈みこんで、美月が甘い声をあげる。それと同時に経験したことのない快感がペニスから全身にひろがった。

「は、入った……ううッ」

こらえきれない呻き声が漏れる。

熱い媚肉に亀頭を包まれて、早くも射精欲がふくれあがった。とっさに全身の筋肉に力をこめる。なんとか決壊の危機を乗り越えたが、快感の小波《さざなみ》が途切れることはない。次から次へと押し寄せて、腰がガクガク震えてしまう。

「まだ先っぽだけよ。ゆっくり挿れるわね」

さらに美月が腰を下降させる。

亀頭が膣のなかに呑《の》みこまれて、無数の襞がいっせいにからみつく。いきなり締めつけられると、凄まじい快感がこみあげた。

「くううッ！」

奥歯を食いしばり、懸命に射精欲を抑えこむ。こうしている間にも美月は腰を落としていき、ペニスは根もとまで膣に収まった。

(ぜ、全部入った……童貞を卒業したんだっ)

腹の底から喜びがこみあげる。

しかし、強烈な快感は継続しており、気を抜くと暴発しそうだ。いくら童貞とはいえ、すぐに射精するのは格好悪い。少しでも長持ちさせるためには、常に全身の筋肉を力ませている必要があった。

「これが女の身体よ。はじめてのセックスはどんな感じ？」

美月は両手を俊郎の腹に置き、微笑を浮かべて見おろしている。

両膝を施術台についた騎乗位の体勢だ。尻を完全に落としこんで、ふたりの股間が密着している。視線をゆっくり上に向ければ、たっぷりした双つの乳房がプルプルと揺れていた。

「ねえ、わたしのなか、気持ちいい？」

「い、いいです……」

俊郎は呼吸を乱しながら答える。

まだ挿入しただけで、一ミリも動いていない。それなのに快感は高まりつづけている。じっとしているだけで、そのうち我慢できなくなるのは違いない。決壊のときは刻一刻と迫っていた。

「どんなふうにいいの？」

「あ、熱くて……や、柔らかくて……ううッ」

膣全体がうねり、ペニスがやさしく刺激される。我慢汁がどんどん溢れて、快感を抑えられなくなっていく。

「杉崎くんが感じてくれると、わたしも興奮しちゃう」

美月の顔がうっすらと桃色に染まっている。

瞳もねっとり潤んでおり、高揚しているのは明らかだ。なにより膣の濡れかたが激しく、女体の昂りをなによりも如実に示していた。

「み、美月さん……お、俺、もう……」

「限界みたいね。いいわ、動いてあげる。ここからが本当のセックスよ」

美月が腰をゆっくり振りはじめる。

とはいっても、激しい動きではない。陰毛を擦りつけるような前後動だ。ペニスを根もとまで呑みこんだまま、ゆったり股間をしゃくりあげる。

「ううッ……な、なかで擦られて……」

俊郎は小声で呻いた。

ペニスに受ける刺激は小さいが、女体がくねる様子は艶めかしい。大きな乳房もタプタプ揺れており、興奮はどんどん高まっていく。

「硬いわ。杉崎くんの……はンンっ」

美月の唇が半開きになり、悩ましい声が溢れ出す。腰を振るスピードが徐々に速くなり、快感がじんわりとふくれあがる。

(こんなに、いいなんて……)

今にも射精欲を抑えられなくなりそうだ。

俊郎は額に玉の汗を浮かべて、全身の筋肉に力をこめている。一瞬たりとも気を抜けない。なにしろ、美月は腰を振りつづけているのだ。激しい動きではないが、常に新しい快感が生まれている。柔らかい媚肉のなかでペニスを揉みくちゃにされて、我慢汁がとまらなくなっていた。

「うッ……ううッ」

「ああンっ、硬い……それに大きいわ」

美月がうれしそうにささやき、腰の動きを前後から上下に変化させる。ペニスを膣のなかに出し入れする本格的な騎乗位だ。尻をリズミカルに弾ませることで、媚肉でヌルヌル擦られるのがたまらない。快感がさらに大きくなり、俊郎は慌てて美月の尻を両手でつかんだ。

「そ、そんなに……くううッ」

なんとか動きを抑えようとするが、美月は構うことなく腰を振る。尻の動きは激しさを増して、ペニスが膣への出入りをくり返す。我慢汁と愛蜜がまざり合い、湿った音が響きわたった。

「ダ、ダメですっ、うううッ」

俊郎は懸命に奥歯を食いしばる。

凄まじい愉悦《ゆえつ》だ。すでに自分でしごいて射精するときの快感を超えている。暴発しないように耐えるだけで精いっぱいだ。

「我慢しなくていいのよ。もっと気持ちよくしてあげる」

腹に置いていた美月の両手が胸板へと移動する。そして、指先で乳首をクリクリといじりはじめた。

「くううッ、そ、そこは……」

新たな刺激がひろがり、ペニスに受ける快感がアップする。乳首をいじられることで、射精欲が爆発的にふくれあがった。

「気持ちいいでしょう？」

「き、気持ちいいですっ、ううッ、も、もうっ」

「ああンっ、なかでピクピクしてるわ、出ちゃいそうなのね」

美月はニヤリと笑って、腰の動きを加速させる。

指先では乳首をいじりながら、尻を勢いよく上下させるのだ。大きな乳房がタプタプ弾むのも、視覚的に興奮を煽《あお》り立てた。

「くううッ、お、俺、もうダメですっ」

「あああッ、いいわ、なかで出していいのよ」

美月が煽り、両手の指先で乳首を摘《つ》まみあげる。クリクリと転がしながら、尻を勢いよく打ちおろした。

「あああッ、出しなさいっ」

「おおおッ、き、気持ちいいっ、で、出るっ、ぬおおおおおおおッ！」

ペニスが根もとまで埋まり、媚肉で締めあげられる。凄まじい快感の大波が押し寄せて、ついに大量の精液が噴きあがった。

膣のなかで亀頭が跳ねまわり、粘度の高いザーメンが尿道を駆け抜ける。ペニスがドロドロに蕩《とろ》けてしまいそうな快感だ。全身のうぶ毛が逆立ち、頭のなかで紅蓮《ぐれん》の炎が燃えあがった。

「はああぁッ、熱いのが入ってくるわ」

美月がうっとりした表情でつぶやく。

女壺に流しこまれた大量の精液を感じるように、自分の下腹部に右の手のひらを重ねて撫でまわす。そして、腰をゆったりまわして膣でペニスをしごき、最後の一滴まで絞り出した。

6

（最高だった……）

俊郎は天井をぼんやり見つめている。

まだ裸のままで、半萎えのペニスは剝き出しだ。精液と愛蜜にまみれてドロドロになっていた。

はじめてのセックスは最高だった。満足感で胸がいっぱいになっている。ついに童貞を卒業して、大人の男になったのだ。

(でも、どうして……)

ふと疑問が湧きあがる。

美月が筆おろしをしてくれた理由がわからない。今にして思うと、最初からセックスするつもりでマッサージルームに連れてきたのではないか。そんな気がしてならなかった。

美月は施術台の横で身なりを整えている。

施術着を身につけて、乱れたポニーテイルを結び直したところだ。こちらを振り返り、視線が重なるとにっこり笑った。

「杉崎くん、素質があるわよ」

「はい?」

意味がわからず首をかしげる。

素質とは筋トレのことだろうか。今日、はじめてチェストプレスとレッグカールを行った。もしかしたら自分でも気づかない素質があって、美月はそれを見抜いたのかもしれない。

(いや、さすがにそれはないな……)

運動が苦手なのは昔からだ。今さら筋トレをしたところで、ムキムキになれるとは思えない。そんなことを考えていると、美月の視線が俊郎の股間に向いた。

「あっ、す、すみません」

はっとして謝罪する。

ペニスが剝き出しだったことを忘れていた。慌てて両手で股間を覆い隠すと、美月がふふっと笑ってティッシュの箱を渡してくれた。

「これを使って」

「あ、ありがとうございます」

体を起こすと、急いでペニスをティッシュで拭う。そして、ボクサーブリーフを穿いて股間を隠した。

「ところで、本会員になる気はある?」

あらたまって美月が尋ねる。

そう言われて、今回が体験入会の三回目だったことを思い出す。もしかしたら、インストラクターには厳しい営業のノルマがあるのではないか。営業成績が伸びずに困っていたとしたら、身体を張って本会員に勧誘したとしてもおかしくない。

(そういうことか……)

少しがっかりしてしまう。

セックスしたからといって、つき合えるとは思っていない。だが、可能性はゼロではないと心の片隅で期待していた。

「じつは、ちょっと迷ってるんです。ここ、会費が高いから……」

思っていることを正直に伝える。

セックスしておきながら即答できない。申しわけない気持ちになるが、高い会費を払いつづけるのは大変だ。ほかのフィットネスクラブも調べたほうがいいかもしれない。体験入会をやっていれば試す気になっていた。

「素質があるから、ぜひ入ってほしいのよ」

美月が真剣な表情で入会を薦める。

よほどノルマがきついのかもしれない。だが、会費のことを考えると、軽々しく了承するわけにはいかなかった。

「俺、素質なんてないですよ」

「あるわよ。アソコは大きいし、若くてかわいいもの」

意外な言葉が美月の唇から飛び出した。

視線は俊郎の股間に向いている。まさかとは思うが、アソコとはペニスのことだろうか。

「あの……どういうことですか?」

俊郎が首をかしげると、美月が隣に腰かけた。

「折り入って相談があるんだけど」

この部屋は防音のはずだが、内緒話をするように声のトーンを落とす。よほど重要な話なのだろうか。

「じつは、本会員とは別に、秘密の会員制度があるの」

「秘密の会員制度？」

「わたしたちは、裏会員って呼んでるわ」

なにやら怪しげな響きだ。

てっきり本会員に誘われているのかと思ったが、どうやら違ったらしい。俊郎は聞いたこともない裏会員に勧誘されていたのだ。

「よくわからないんですけど……」

「身体のことを考えているのは本会員も裏会員も同じよ。本会員はフィットネスで健康になることを目指すけど、裏会員はセックスで若返るがコンセプトなの」

美月の唇から驚きの言葉が紡《つむ》がれる。

冗談かと思ったが、彼女の表情は真剣そのものだ。裏会員というものが、本当に存在しているらしい。

「セックスすることでホルモンが刺激されて、美と健康が手に入るの。楽しくて気持ちのいいことをして、美しくなれるのよ。素敵だと思わない？」

「え、ええ、まあ……」

勢いに押されて返事をする。だが、今ひとつ理解できていなかった。

「わたしたちが裏会員同士をマッチングするの。決して強要はしないから、なにも心配ないわ。事前に写真とプロフィールを渡して互いのことを知ってもらって、ふたりとも了解すればセックスをするというシステムよ」

「そんなことが、本当に……」

「夫婦や恋人だと、どうしてもマンネリになるでしょう。だからといって、普通に生活していたら、いろいろな人とセックスを楽しむのはリスクがある。でも、裏会員同士なら身元もしっかりしているから安心なの」

「なるほど……」

確かにそうかもしれない。

気軽にセックスを楽しみたくても、安全な相手を見つけるのはむずかしい。その相手探しの大変な作業を、フィットネスクラブがやってくれるのだ。だが、どうして自分が勧誘されたのか、まったくわからなかった。

「俺、向いてないと思うんですけど……」

「杉崎くんには素質がある。わたしの目に間違いはないわ」

美月は自信ありげに断言する。

インストラクターとして働きつつ、本会員のなかから裏会員に向いている人を見極めて、これまで何人もスカウトしてきたという。

「条件は口が堅そうで、まじめにトレーニングをしていること。それに容姿もある程度は整っていたほうがいいわね。でも、見た目よりも性格のほうが大切ね。内面は必ず顔に出るから」

「俺、さっきまで童貞だったし、全然モテませんよ」

「経験は少なくても関係ないわ。杉崎くんみたいに若くて初心《うぶ》そうな男の人は、ある一定の層に人気があるの。裏会員になれば、きっとマッチングの成功率は高くなるはずよ。体はきれいだし、アソコは大きいし、なにも問題ないわ」

美月は前のめりになっている。

どうやら俊郎の体をチェックするためにセックスしたらしい。そのうえで、こうして裏会員に勧誘しているのだ。

「まずは本会員になってもらう必要があるの。入ってくれるわよね」

「い、いや、でも……」

裏会員のことは、なんとなく理解できた。しかし、本会員になるには、高い会費を払わなければならない。

「裏会員は別の会費がかかるわ。それなりの金額よ。でも、杉崎くんはぜひ入ってもらいたいから無料にさせてもらうわ。本会員の会費は半額でどうかしら」

「半額ですかっ」

つい声が大きくなる。

本会員の会費が半額になるのはありがたい。しかも、裏会員になれば、体を鍛えるだけではなく、女性とセックスができるという。

「やります。お願いします」

俊郎は勢いよく頭をさげた。

本当にマッチングしてもらえるのか疑問だが、少なくとも会費は半額になる。断る理由はなかった。

第二章 プールセックス

1

俊郎が本会員になって二週間が経っている。

美月に勧誘されて裏会員にもなったが、今のところマッチングの話はない。あまり期待はせず、体を鍛えるために通っていた。

これまで会社帰りに何度か寄っている。まずは有酸素エリアで汗を流して、それから筋トレエリアに行くのが俊郎のパターンだ。

本会員は男性も女性も大勢いるが、誰が裏会員なのかはわからない。

最初のころはきれいな女性の会員を見るたび、もしかしたら裏会員かもしれないと気になって仕方がなかった。だが、マッチングの話がまったく来ないため、いつしか考えるのをやめていた。

今日は仕事が定時に終わったので、フィットネスクラブに立ち寄った。

Tシャツとジャージに着がえると、ランニングマシンを三十分ほどやる。体が慣れてきたのか、以前ほど疲れなくなった。汗をかく量も減ってきたので、今日は速度を少しだけあげた。

(よし、筋トレに行くか)

いい感じで体がほぐれた。

タオルで汗を拭いながら有酸素エリアをあとにする。廊下を歩いて筋トレエリアに向かっていると、ちょうど美月が歩いてきた。

「こんにちは」

胸の高鳴りを覚えながら挨拶する。

なにしろ美月は記念すべき初体験の相手だ。顔を見るたび、あの日のことを思い出してしまう。だが、残念なことに一度きりの関係だ。恋愛感情があるわけではないので仕方ないが、なにもないのは淋しかった。

「こんにちは。ちょっといいかしら」

美月に呼ばれて、マッサージルームに向かう。

ふいに胸の鼓動が速くなる。マッサージルームで美月とはじめてのセックスをしたのだ。あるはずないと思っても期待してしまう。

マッサージルームに入ると、美月がドアに鍵をかける。そして、あらたまった様子で振り返った。

「これを見て」

美月がＡ４サイズの茶封筒を差し出す。

よくわからないまま受け取ると、確認するように目でうながされる。恐るおそる茶封筒のなかをのぞきこむ。そこには一枚の写真とパソコンで打ち出したと思われる書類が入っていた。

「これって……」

「マッチングよ。先に相手の女性に確認を取って了承をもらってるわ。あとは杉崎くんが了承すれば、マッチング成立よ」

美月の言葉を受けて、緊張感が一気に高まる。まったく予想していなかったタイミングで、ついにマッチングの話が来たのだ。

「いつまでに返事をすれば……」

「今すぐよ。マッチングはなによりタイミングが大切なの。気分がいちばん盛りあがっているときにセックスするのが、美容にも効果があるとされているわ」

そう言われたら即答するしかない。

俊郎は小さく息を吐き出して気持ちを落ち着かせると、あらためて書類に視線を落とした。

森野杏奈《もりのあんな》、三十二歳。ＯＬとなっている。年齢的には許容範囲だが、既婚者と書いてあるのを見てはっとした。

「この人、結婚してるじゃないですか」

「ええ、そうね」

美月は当たり前のように答える。そして、不思議そうに俊郎の顔をまじまじと見つめた。

「裏会員に誘ったとき、説明したはずよ」

確かに夫婦や恋人だとマンネリになるという話はあった。しかし、実際に人妻をマッチングされると困惑してしまう。

（本当に大丈夫なのか……）

不安になりながら写真を見る。

そこには白いブラウスを着た女性が写っていた。セミロングの黒髪が艶《つや》やかで、やさしげな顔立ちをしている。清楚な雰囲気が漂っており、裏会員だということが信じられなかった。

（こんな美人が……）

思わず心のなかでつぶやいた。

二週間も音沙汰がなかったので、本当にマッチングが行なわれるのか半信半疑だった。そして、実際にマッチングが行われたとしても、まともな女性がいるのか訝《いぶか》っていた。もしかしたら容姿に問題がある人ばかりではないかと、あとになって不安になったのだ。

「杏奈さんなら杉崎くんの好みに合うと思ったんだけど、どうかしら」

美月の言葉で、ふと思い出す。

そういえば、裏会員になると決めたとき、女性の好みを聞かれた。マッチングを考えるときの参考にするということだった。

年齢は二十代から三十代、体型は肥満はＮＧ、身長は制限なしと答えた。性格に関しては、そもそも問題のある人は裏会員になれないということなので、とくに注文はつけなかった。容姿は写真で確認することになっていた。

「杏奈さんのほうは、杉崎くんのことをとても気に入ってるの」

「この人が、俺のことを……」

思わず写真を見直す。

気に入っているということは、この清楚な美人が自分とセックスをしたがっているということだ。そんなことを考えていると、緊張感が高まってしまう。なにしろ、まだ一度しかセックスしたことがないのだ。

「お、俺……うまくできるか自信がないです」

今さらながら不安になる。

女性を満足させられなかったら、どうなってしまうのだろうか。裏会員をクビになるだけなら仕方ない。だが、万が一、清楚な人妻に罵倒されたりしたら、立ち直れなくなりそうだ。

「ちゃんと考えてあるから安心して。杏奈さんはマッチングを何度も経験してるからリードしてくれるわ。もちろん、杉崎くんがはじめてということも伝えたうえで、了承をもらっているのよ」

美月がやさしい言葉をかけてくれる。

あらゆる可能性を考慮して、マッチングが行われているらしい。だから、互いの好みに合った相手を探すのに時間がかかるのだろう。

「きっと大丈夫。うまくいくわ」

「じゃあ、やってみます」

俊郎は意を決して返事をした。

筆おろしをしてくれた美月のことを信頼している。彼女が大丈夫と言うなら、チャレンジしてみようという気持ちになった。

「マッチング成立ね」

美月が力強い声で宣言する。ほっとしたのか、満面の笑みが浮かんだ。

「プールに行ってもらえるかな。杏奈さんが待ってるわ」

「今からですか？」

「ええ、今すぐよ。これを使って」

美月に水着とゴーグル、それにスイミングキャップを渡される。

どうやら俊郎に選択権はないらしい。杏奈が待っていると言われて、とにかく急いでプールに向かった。

2

プールを利用するのは今回がはじめてだ。

更衣室に入ると、美月に渡された水着をひろげる。濃紺の競泳用水着だ。穿いてみると、布地の面積が少なくて心許《こころもと》ない。しかも肌に密着しているため、ペニスの形がくっきり浮かんでいた。

（なんか、小さくないか？）

自分の姿を鏡に映して首をかしげる。

競泳用水着というのは、これが普通なのだろうか。トランクスタイプの海水パンツしか穿いたことがないので、ビキニタイプが恥ずかしくてならない。背後を見やると尻肉が半分ほどはみ出していた。

せめて体が引きしまっていたら、この水着も競泳選手のように似合ったかもしれない。だが、実際は腹の周囲に贅肉がついてプニュッとしている。肥満とまではいかないが、運動不足は否めない体だった。

（この格好で会うのか……）

これからマッチング相手に会うことを考えると気が重い。だが、了承した以上は行くしかなかった。

（よし……）

羞恥を胸の奥に押しこんで、更衣室からプールに向かう。

廊下を進んでガラス戸を開けると、そこには五十メートルの立派な室内プールがあった。

十人ほどの会員たちがプールで泳いでいる。プールサイドにはインストラクターの男性が立っていた。

女性は五人いて、ワンピースタイプの水着を身につけている。各々クロールや平泳ぎなど、好きな泳法でゆったり泳いでいた。

みんなスイミングキャップをかぶって、ゴーグルもしっかりつけている。そのため顔がはっきりわからない。このなかに杏奈がいるはずだが、いったいどの女性なのだろうか。

(どうすればいいんだ?)

俊郎は困惑してプールサイドに立ちつくす。

プールに行けと言われただけで、そのあとの指示は受けていない。杏奈のほうから声をかけてくるのだろうか。

「どうかされましたか?」

ふいに声が聞こえてはっとする。横を見ると、インストラクターの男性が爽やかな笑みを浮かべていた。

「え、えっと、はじめてなんですけど……」

「自由に泳いでもらって結構ですよ。速く泳ぎたい人は第一から第三コース、スローペースで泳ぎたい人は第四と第五コース、第六コースは泳ぎが苦手な人のために水深が浅くなっています」

「わかりました。ありがとうございます」

俊郎は礼を言ってスイミングキャップをかぶった。

プールサイドに突っ立っているのは不自然だ。杏奈がリードしてくれるということなので、向こうからアプローチしてくるまで泳いで待つしかないだろう。

泳ぎはあまり得意ではない。ほかの人の邪魔にならないように、空いている第四コースに向かう。だが、飛びこみは下手くそだ。ゴーグルをつけて飛びこみ台の横からプールに入ると、ゆっくり泳ぎはじめる。

温水だが意外と冷たい。それでも泳いでいると、すぐに体が慣れてきた。泳ぎながら杏奈を探す余裕などない。杏奈のほうから声をかけてくれることを願いながら、とにかく泳ぎつづけた。

(なんか、静かだな……)

ふとそんな気がして、途中で泳ぐのを中断する。

コースロープにつかまり、周囲を見まわす。いつの間にか、俊郎以外は女性がひとりだけになっていた。女性は隣の第五コースをクロールで泳いでいる。スピードは速くないが、きれいなフォームだ。

(もしかして、あの人が……)

困惑して見つめていると、女性は俊郎の目の前で泳ぐのをやめた。

ゴーグルを取って、やさしげな瞳を向けてくる。視線が重なると、彼女は遠慮がちな微笑を浮かべた。

「俊郎くんね」

「は、はい……」

いきなり名前を呼ばれて緊張が最高潮に高まる。声がかすれてしまうが、黙るとなおさら緊張しそうだ。

「あ、杏奈さんですか？」

俊郎もゴーグルとスイミングキャップを取って話しかけた。

「ええ、よろしくね」

杏奈はそう言ってスイミングキャップを取る。黒髪がひろがり、濡れた肩をそっと撫でた。

「こ、こちらこそ、よろしくお願いします」

「礼儀正しいのね」

杏奈はうれしそうに目を細める。

第一印象は悪くないようだ。俊郎のほうは、すでに杏奈のやさしげな雰囲気に惹かれていた。

「あがりましょうか」

うながされて水からあがる。

杏奈が身につけている水着は、水色のオーソドックスなワンピースだ。裾《すそ》が尻肉に食いこんでいる。それを指先で直す仕草にドキリとする。胸もとは大きくふくらんでおり、優美な曲線を描いていた。

腰がしっかりくびれているので、なおさら乳房と尻のボリュームが強調されているのだろう。思わず見惚れるほどの見事なプロポーションだ。

「座りましょう」

「はい……」

誘導されるまま、プールサイドに置いてあるプラスティック製のベンチに並んで腰かけた。

杏奈は首を少し傾けて、濡れた髪をバスタオルで拭いている。

写真を見たときの印象そのままで清楚な雰囲気だ。こんなにきれいな女性と本当にセックスするのだろうか。そんなことを考えていると、ますます緊張してしまう。なにか話さなければと思うが、もはや頭になにも浮かばなかった。

「マッチングはこれがはじめてなんですってね」

俊郎の緊張を感じ取ったのかもしれない。杏奈のほうから、穏やかな声で話しかけてくれる。

「そ、そうなんです……」

それ以上、言葉がつづかない。暑くもないのに額に汗が滲《にじ》んで、バスタオルで何度も拭った。

「そんなに緊張しなくても大丈夫よ。気軽に楽しめばいいの」

杏奈はそう言ってくれるが、緊張が簡単に解けるはずもない。いざとなると不安ばかりだ。

「じつは、俺、あんまり経験がなくて……」

思いきって口を開く。

なにしろセックスの経験は一度しかない。こういうことは先に伝えておくべきだろう。うまくできなかったときに、がっかりされたくなかった。

「美月さんから聞いてるから安心して。わたし、俊郎くんみたいに初心な男の子が大好きなの」

杏奈はそう言って恥ずかしげに笑う。

セックスの経験まで、すべてを知ったうえで、俊郎とのマッチングを了承してくれたらしい。そういうことなら、失敗を恐れることはない。ようやく緊張が少しだけほぐれた。

「ところで、ほかの人たちはどうしたんですか？」

俊郎はプールを見まわして尋ねる。

先ほどまで泳いでいた人たちが、いつの間にかいなくなっていた。そればかりでなく、インストラクターもいないのが不思議だった。

「今は貸切になってるのよ」

「貸切ですか？」

「そうよ。裏会員は追加料金なしで貸切にできるの」

杏奈がさらりと教えてくれる。

そんなシステムがあるとは知らなかった。俊郎は特別に無料だが、裏会員はそれなりの金額の会費がかかるという。きっと貸切にできるほど高額なのだろう。

「でも、なんで貸切に……」

疑問を口にすると、杏奈が意味深な瞳を向けた。

「まさか、ここで？」

「それしかないでしょう。誰も来ないから安心して」

杏奈の右手が俊郎の太腿に重なる。

剝き出しの太腿をやさしく撫でられて、彼女の体温が伝わると同時に妖しげな感覚がひろがった。

3

「ちょ、ちょっと待ってください」

俊郎は慌てて声をあげる。

もしかしたら、このままセックスに突入するのだろうか。あまりにも突然すぎて困惑してしまう。まだ心の準備ができていなかった。

「まだ緊張してるの？」

杏奈が身体を寄せて耳もとでささやく。熱い吐息が耳孔に流れこみ、ゾクゾクするような感覚がひろがった。

「き、緊張もですけど……本当にいいのかなって……」

「わたしが人妻だから？」

杏奈が首をかしげて俊郎の顔をのぞきこんだ。

触れるべきではないと思ったが、気になっているのは事実だ。俊郎が迷ったすえにうなずくと、杏奈は再び口を開いた。

「夫はいい人だけど、あっちのほうが弱いの。夜の生活がほとんどないのよ。この年でセックスレスはつらいわ。それでストレスが溜まっちゃって、運動して発散するつもりでフィットネスをはじめたの」

最初は普通の本会員として、フィットネスクラブに通っていたらしい。すると、しばらくして美月に声をかけられたという。

「裏会員のことを聞いたときは驚いたわ。だって、つまり浮気でしょう」

確かに杏奈の言うとおりだ。夫以外の男とセックスをするのだから、抵抗があるのは当然のことだろう。

「それなのに、どうして？」

深入りしてはいけないと思いつつ、気になって尋ねる。

「うん……結局は欲求不満だったのね。美月さんはそれを見抜いて、わたしに声をかけてくれたのよ」

杏奈は「欲求不満」と言うとき、頬をぽっと赤らめた。

「迷ったけど、裏会員になってよかったわ。ストレスがなくなって、夫の前でもニコニコしていられるもの」

「でも、旦那さん以外の人と……」

「最初は気になったわ。罪悪感もあったけど、心が惹かれなければ浮気ではないと思えるようになったの。以前よりも夫婦の仲はよくなったと思うわ」

杏奈の言葉に後悔は感じられない。

夫を裏切っているのに悪びれた様子はなかった。それどころか、晴れ晴れとした表情になっていた。

（割りきってるんだな……）

夫婦とはどういう関係なのだろうかと考えさせられる。

女性と交際した経験すらない俊郎には到底わからない感覚だ。だが、結果として夫婦円満なら、それはそれでアリなのかもしれない。なにより杏奈が納得しているのだから、俊郎が気にすることではなかった。

「わかってくれた？」

「はい……なんかすみません。プライベートのことまで話してもらっちゃって」

申しわけない気持ちになって頭をさげる。

裏会員は身体だけの関係だ。規則があるわけではないが、やはりプライベートに踏みこむべきではないだろう。

「いいのよ。はじめてなら気になって当然でしょ。ほかに聞きたいことはない？」

杏奈のやさしさに救われる。

人妻らしい柔らかい笑みを浮かべて、俊郎の目をじっと見つめる。たったそれだけで気分が盛りあがった。

「もう大丈夫です」

「それじゃあ、今日はたくさん楽しみましょうね」

太腿の上に乗ったままの杏奈の手が、徐々に股間へと移動する。競泳用水着の上からペニスに触れられると、甘い刺激が波紋《はもん》のようにひろがった。

「ううっ、あ、杏奈さん……」

思わず小さな呻き声が漏れる。

ペニスはすぐに反応して、ムクムクと成長してしまう。あっという間に水着の前がふくらみ、砲弾のような形が浮かびあがった。

「もうこんなに……若いって素敵ね」

杏奈がうれしそうにつぶやく。

水着ごしに太幹をつかむと、ゆるゆるとしごきはじめる。ペニスはさらに硬くなって、先端から我慢汁が溢れ出した。

「くううッ」

抑えきれずに体がビクッと反応する。

薄い水着の上からペニスをしごかれているのだ。ゆったりとしたペースなのが、もどかしい快感を生み出している。たまらなくなって腰をよじると、杏奈が楽しげに目を細めた。

「お汁がたくさん出てるわよ。ほら、見て」

うながされて自分の股間に視線を向ける。

すると、水着に浮かびあがったペニスの先端が、水とは異なるヌメリのある液体でぐっしょり濡れていた。

「そ、そんなにしごかれたら……」

「まだはじまったばかりよ」

杏奈はベンチからおりると、俊郎の正面でひざまずく。そして、両手の指先を競泳用水着のウエスト部分にかけた。

「ちょっとだけ、お尻を浮かせて」

「こ、こうですか」

言われるまま尻を浮かせると、水着をスルリと脱がされる。勃起したペニスが剝き出しになり、我慢汁の強烈な匂いがひろがった。

「ああンっ、すごいわ」

杏奈が息を大きく吸いこみ、うっとりした顔になる。

いつしか頰がほんのりとピンクに染まり、瞳も妖しげに潤んでいた。昂っているのは明らかだ。杏奈は俊郎の水着を足から抜き取ると、膝の間に入りこむ。両手を勃起したペニスの両側に添えて、顔を亀頭にぐっと寄せた。

「こんなに大きいなんて」

まるでマイクに語りかけるように、ペニスのすぐ近くでささやく。そのたびに熱い息が亀頭に吹きかかった。

「な、なにを……」

「顔はかわいいのに、ここは男らしいのね」

杏奈が俊郎の顔を見あげてささやく。

美しい人妻に褒められると悪い気はしない。だが、それより今にも唇が触れそうなほど距離が近いのが気になった。

(まさか……)

これからなにが起きるのか、期待せずにはいられない。想像がふくらみ、ペニスがさらにひとまわり大きくなった。

「こんなにパンパンになって、本当に大きいわ」

「あ、杏奈さんの、息が……」

「わざと息をかけてるのよ。興奮するでしょう?」

杏奈はいたずらっぽく笑うと、亀頭に向かってフーッと息を吹きかける。

「うぅッ……」

熱い吐息で撫でられて、思わず小さな声が漏れてしまう。それと同時に、新たな我慢汁が溢れ出した。

「口でされたことはある?」

杏奈が指先でペニスをいじりながら尋ねる。

竿や亀頭を撫でまわされると、微妙な快感が蓄積されていく。さらなる刺激を求めて、ペニスがググッと反り返った。

「舌と唇で、この大きなものを愛撫するの。されたことある?」

「な、ないです」

正直に答えると、杏奈はうれしそうに微笑《ほほえ》んだ。

「それなら、今日がはじめてになるのね」

そう言って、ピンク色の舌先をのぞかせる。そして、太幹の根もとにそっと押し当てると、亀頭に向かって這わせはじめた。

「くううッ」

快楽の呻き声が溢れ出す。

柔らかい舌先が敏感な裏スジをくすぐっているのだ。唾液を塗りつけながら、ヌルヌルと這いあがるのがたまらない。信じられないことに、杏奈がペニスを舐めまわしているのだ。

(フェ、フェラチオされてるんだ……)

心のなかで「フェラチオ」とつぶやくだけで興奮が加速する。

こんなことまでしてもらえるとは驚きだ。いつか経験したいと思っていたが、今日実現するとは思っていなかった。夢を見ているようだが、この蕩けるような快感は夢ではない。

(こんなに気持ちいいんだ……)

かつてない愉悦が全身にひろがっている。

舌の柔らかい感触が心地いい。なにより、きれいな女性にペニスを舐めてもらっていると思うと興奮が高まる。いつしか脚を大きくひろげて、股間を突き出すような格好になっていた。

「気持ちいいのね。もっとよくしてあげる」

杏奈が亀頭にキスをする。

我慢汁が付着するのも構わず、チュッ、チュッ、とついばむような口づけをくり返す。さらには唇を亀頭にかぶせて、ペニスの先端を口内に収めた。

「そ、そんなことまで……」

唇がカリ首に密着する。キュウッと締めつけられると、たったそれだけで快感が倍増した。

(俺のチ×ポが、杏奈さんの口のなかに……)

感動と興奮が湧きあがる。

口内に収まった亀頭に、杏奈の舌がからみつく。ヌメヌメと這いまわり、新たな快楽を送りこんでくる。さらには顔をゆっくり押しつけることで、太幹を少しずつ呑みこんでいく。

「す、すごいですっ、うううッ」

どうしても呻き声が漏れてしまう。

舐めてもらっただけでも最高だったのに、それ以上の快感が生じているのだ。きっとフェラチオは気持ちいいだろうと思っていたが、実際に経験してみると想像をはるかにうわまわっていた。

「はンンっ」

杏奈はペニスをすべて口内に収めると、上目遣いに俊郎の表情を確認する。その間も舌を使って、亀頭や竿に唾液を塗りつけていた。

「こ、こんなことされたら、お、俺……」

すぐに我慢できなくなってしまう。それを伝えようとするが、杏奈は聞く耳を持たないとばかりに首を振りはじめた。

「ンっ……ンっ……」

柔らかい唇が太幹の表面を撫でていく。

亀頭が抜け落ちる寸前でいったんとまると、再びそそり勃《た》ったペニスを呑みこみはじめる。首の動きはゆったりしているが、それによって生じる快楽は強烈だ。唾液まみれのペニスをしごかれて、カウパー汁がどんどん溢れてしまう。

「ううぅッ、ま、待ってくださいっ」

慌てて訴えるが、杏奈の首振りはとまらない。

俊郎は尻の筋肉に力をこめて、奥歯をギリギリと食いしばる。さらにはプラスティック製のベンチに両手の爪を立てて、急激にこみあげた射精欲を抑えこんだ。

「あふッ……むふッ……はむンッ」

杏奈の首の振りかたが少しずつ速くなる。

唾液とカウパー汁でコーティングされたペニスを、柔らかい唇でヌルヌルしごかれるのだ。愉悦はどんどん大きくなる。膣の強烈な締めつけとは異なり、甘ったるい刺激がペニス全体を包んでいた。

「こ、これ以上されたら……うぐぐッ」

口を開くと、快楽の波が襲いかかってくる。

もはや訴えることもできず、ただフェラチオの悦《よろこ》びに流されていくしかない。カウパー汁がとまらなくなり、腰が小刻みに震え出した。

(も、もうダメですっ)

言葉を発する余裕もなく、心のなかで訴える。

だが、杏奈はそんな俊郎をもてあそぶようにフェラチオを加速させた。太幹に密着させた唇をすばやくスライドさせる。それと同時に舌先で尿道口をチロチロと舐めまわした。

「ううううッ」

凄まじい快感が押し寄せて、反射的に体を仰《の》け反《ぞ》らせる。

このままでは杏奈の口のなかで暴発してしまう。もはや一刻の猶予もないほど追いこまれていた。

「で、出ちゃいますっ」

腰を震わせながら必死に訴える。

ところが、杏奈はペニスを根もとまで咥《くわ》えると、頬がぼっこり窪むほど思いきり吸いあげた。

「おおおおッ、ダ、ダメですっ」

「はむうううッ」

「うあああッ、で、出ちゃうっ、出る出るっ、くおおおおおおおッ！」

こらえきれずに精液を噴きあげる。

人妻の口のなかでペニスが脈動して、凄まじい快感がひろがった。吸われることで愉悦がさらに大きくなる。通常ではありえない速度で精液が尿道を駆け抜けると、全身が凍えたようにガクガクと震えた。

フェラチオで口内射精するのは、はじめての経験だ。そのうえ人妻だと思うと背徳感をともなう快楽がひろがり、頭のなかがまっ白になった。

「あむううッ」

射精が収まっても、杏奈はペニスを吸引している。尿道に残っている最後の一滴まで吸い出すと、躊躇することなく嚥下《えんげ》した。

「はぁっ、いっぱい出たね」

杏奈はようやく唇を放してペニスを解放する。俊郎の顔を見あげると、うっとりした表情でつぶやいた。

「濃くておいしい……やっぱり若い男の子っていいわ」

もしかしたら、夫と比べているのだろうか。杏奈は舌先で唇のまわりをペロリと舐めると、妖しげな笑みを浮かべた。

4

「ううッ、い、今、出したばっかりだから……」

俊郎は思わずつぶやいた。

射精した直後だというのに、太幹をほっそりした指で擦られているのだ。甘い刺激がひろがり、過敏になっているペニスに快感が走り抜けた。

「まだ硬いままじゃない。すぐにできるわよね」

杏奈がうれしそうにささやく。

確かにペニスは萎えることなく、ギンギンに勃起している。まだ興奮は収まっていなかった。

「わたし、我慢できなくなってきたわ」

杏奈が立ちあがり、目の前で水着を脱ぎはじめる。

見せつけるように肩を抜いて引きさげると、たっぷりした乳房が露になった。お椀を双つ伏せたような見事な乳房だ。白くて大きな双つのふくらみの頂点には、桜色の乳首が鎮座していた。

さらに水着をおろすと、うっすらとした陰毛が現れる。もともと薄い陰毛が恥丘に張りついて、白い地肌が透けていた。

杏奈は尻を左右によじりながら水着を引きさげて、脚を片方ずつあげるとつま先から抜き取った。これで女体に纏っている物はなにもない。湿った髪と濡れた身体から匂い立つような色香が漂っていた。

(あ、杏奈さんが裸に……)

俊郎は思わず生唾を飲みこんだ。

この美しい女性と今からセックスするのだ。彼女が人妻だと思うと、なおさら興奮が大きくなった。

「せっかくだから、プールのなかでしてみない？」

杏奈はそう言うと、返事を待つことなく俊郎の手を引いて立ちあがらせる。そしてプールに向かって歩きはじめた。

「プールのなかは、まずくないですか？」

「誰も来ないから大丈夫よ」

「そういうことじゃなくて……」

俊郎は困惑するが、杏奈はプールに入っていく。

水深が浅い第六コースだ。ちょうど乳房が水面に出ており、フワフワと漂っているのが卑猥だ。俊郎は目が離せなくなり、吸い寄せられるようにプールのなかに入っていた。

「俊郎くん……」

杏奈が身体を寄せる。両手を俊郎の頬にそっと添えると、そのまま顔を近づけて唇を重ねた。

（お、俺、キスを……）

柔らかい感触がひろがり、キスしていることを実感する。

これが俊郎のファーストキスだ。美月に筆おろしをしてもらったが、まだキスは経験していなかった。

まさかはじめてのキスをプールのなかで、しかも人妻を相手に経験することになるとは思いもしない。とまどっていると、杏奈が舌先で唇をネロリと舐めた。俊郎はどうすればいいのかわからず固まった。

「緊張してるのね。力を抜いて」

杏奈がやさしく声をかけてくれる。

しかし、なかなか緊張がほぐれない。なんとか力を抜くと、いきなり杏奈の舌が口のなかに入ってきた。

「いっぱい舐めてあげる……はンンっ」

「うむッ」

甘い吐息を吹きこまれて、胸の鼓動が速くなる。

歯茎や頰の裏側に舌が這いまわり、緊張と興奮が高まっていく。杏奈が舌先で上顎をそっとくすぐる。さらには舌をからめとられて、唾液ごとジュルジュルと吸いあげられた。

（そんなに吸われたら……ううッ）

こらえきれない呻き声が溢れ出す。

キスがこんなに気持ちいいとは知らなかった。杏奈の舌が器用に動いて、俊郎の口内を隅々まで愛撫する。たまらなくなって腰をよじると、プールの水面に波紋がひろがった。

「キスも感じるでしょう」

杏奈は唇を離すと、妖艶《ようえん》な笑みを浮かべる。

至近距離で見つめられて、もう興奮を抑えられない。ただでさえ勃起していたペニスが、水中で硬さを増していた。

「あ、杏奈さん、俺、もう……」

早くセックスしたくてたまらない。熱く滾《たぎ》るペニスを膣に挿入して、思いきり腰を振りたかった。

「興奮してくれたのね。うれしい」

杏奈はうしろを向くと、腰を折り曲げてプールの縁を両手でつかむ。水中で尻を後方に突き出した格好だ。

「うしろから来て……」

背後を振り返って杏奈がささやく。

だが、俊郎はまだ一度しかセックスの経験がない。しかも騎乗位だったので、自分はなにもしていなかった。

バックすらやったことがないのに、いきなりの立ちバックだ。しかも水中となるとさらにハードルが高かった。

(俺にできるのか?)

自信はないが、興奮のほうが勝っている。

杏奈の背後に歩み寄ると、水のなかの尻たぶを両手でつかんだ。恐るおそる臀裂を割り開けば、陰唇が鮮烈な紅色のため水上からも確認できた。

(アソコに入れるんだな)

右手で太幹をつかんで亀頭を陰唇に近づける。

そっと押し当てるが、割れ目の表面をヌルッと滑ってしまう。もう一度やってみるが結果は同じだ。なにが悪いのだろうか。亀頭が陰唇を撫でるだけで、やはり挿入できなかった。

(くっ……どうなってるんだ)

亀頭の先端を何度も押し当てる。しかし、どうしても入らない。焦るばかりで、膣口が見つけられなかった。

「ゆっくりで大丈夫よ」

杏奈がやさしく声をかけてくれる。そして、右手を背後に伸ばすと、太幹をつかんで亀頭を膣口へと誘導した。

「ここよ。そっと挿《い》れてね」

「す、すみません」

慎重に腰を押し出せば、亀頭の先端が陰唇の狭間《はざま》に沈みこむ。あとはペニスを少しずつ送りこんで結合を深めていく。やがてペニスが根もとまで完全に埋まり、俊郎の股間と杏奈の尻が密着した。

「は、入った……入りましたよ」

感動と興奮がこみあげる。

はじめて立ちバックで挿入したのだ。しかも、水中なので難易度が高い。まだ一度も女性と交際した経験のない自分が、こんな体位でセックスしていることが信じられなかった。

「ああンっ、大きい」

杏奈の甘い声が室内プールに反響する。

その声がきっかけとなり、欲望がさらにふくれあがった。俊郎は興奮で震える両手で、彼女のくびれた腰をそっとつかんだ。

「う、動いてもいいですか？」

「いいわよ。最初はゆっくり、だんだん速くしてね」

杏奈が振り返って教えてくれる。

俊郎はうなずくと、スローペースで腰を振りはじめた。ペニスをじわじわ引き出して、再び根もとまで押しこんでいく。

「こうですか？」

「はンンっ、そうよ、いい感じよ」

心なしか杏奈の声が色っぽく聞こえる。

もしかしたら、多少なりとも興奮しているのではないか。そう思うと、俊郎の興奮もますます大きくなる。

「少しずつ速くして」

「は、はい……ふんんっ」

言われるまま、抽送《ちゅうそう》速度をあげていく。

ところが、スムーズに動かせない。簡単だと思っていたが、いざやってみるとむずかしい。どうしても、カクカクした動きになってしまう。

筆おろしをしてもらったときは騎乗位だった。自分が主体となって腰を振るのはこれがはじめてだ。しかも水の抵抗があるため、うまく動かせない。それでも懸命に腰を使って、ペニスを出し入れする。

「いいわ、上手よ」

杏奈が振り返り、やさしい声で褒めてくれる。

媚肉の締めつけが快楽を生み出して、我慢汁が溢れ出す。その結果、ペニスがヌルヌルと滑り、愉悦がどんどん大きくなる。

「ううウッ、杏奈さんのなか、すごいですっ」

射精欲がふくらんで焦ってしまう。だが、濡れかたが激しくなったことで、ピストンがスムーズになっていた。

「わたしも、俊郎くんの大きいから……ああンっ」

杏奈がたまらなそうに腰をよじり、悩ましい喘ぎ声を振りまく。その直後、ペニスを奥まで迎え入れるように、尻をグイッと後方に突き出した。

「おおおおッ」

ペニスの挿入が深まり、思わず声が漏れる。

射精欲の波が押し寄せるが、全身の筋肉を力ませることでやり過ごす。しかし、膣の締まりは強くなり、快感が腹の底に蓄積されていく。

(こんなの、すぐに……)

どんなにがんばっても長くは持たない。

なにしろ二度目のセックスだ。凄まじい快楽が押し寄せるが。耐え忍ぶ術《すべ》を持ち合わせていなかった。だからといって、自分だけ先に達するわけにはいかない。射精欲を必死にこらえながら腰を振りつづける。ぎこちなくてもペニスを出し入れして、張り出したカリで膣壁を擦りあげた。

「その調子よ……ああッ、もっとして」

「ううッ、杏奈さんっ」

杏奈の言葉に勇気づけられる。

腰を振ってピストンを加速すると、プールの水がチャプッ、チャプッと音を立てて波打った。

「ああぁッ、い、いいっ」

杏奈の喘ぎ声が大きくなる。

俊郎の腰使いは拙《つたな》いが、意外にも感じているようだ。旦那とはセックスレスだというから刺激に飢えているのかもしれない。だから、俊郎の初心者まる出しのピストンでも反応するのだろう。

「す、すごく締まってきました……ううぅッ」

呻きまじりに訴える。

膣が猛烈に収縮してペニスが絞りあげられた。射精欲が膨張して、全身が燃えるように熱くなる。快感をごまかそうとして、杏奈の背中に覆いかぶさる。そして、両手を水中に入れると、双つの乳房を揉みあげた。

（ああっ、柔らかい……）

心のなかでつぶやき、水のなかで揺れる柔肉をこねまわす。さらには先端の乳首を摘まんで、クニクニと刺激した。

「あンっ、と、俊郎くんっ、あああッ、も、もっと」

杏奈が感じると、膣道全体が激しくうねる。その結果、ペニスに受ける快感が大きくなり、自然とピストンに熱が入った。

(プールのなかで、人妻とこんなこと……)

背徳的なシチュエーションがますます興奮を高める。

体を起こして腰をつかみ直すと、ペニスを膣の深い場所まで送りこむ。くり返し突くことで、杏奈の声が大きくなっていく。

「ああッ、ああッ、い、いいのっ」

「ううぅッ……ううううッ」

俊郎も唸り声をあげながら腰を振る。

今にも暴発しそうだが、今さら動きをとめたところで興奮は収まらない。だからといって、自分だけが達するわけにもいかない。こうなったら、一か八か膣をかきまわすしかなかった。

「あ、杏奈さんっ、くおおおおッ」

再びくびれた腰をつかむと力強く腰を振る。

媚肉で締めつけられるなか、ペニスを高速で抜き差しした。愛蜜で濡れそぼった膣肉の感触が気持ちいい。ひと突きごとに我慢汁が先端から溢れて、決壊のときが刻一刻と迫ってくる。

「あああッ、す、すごいのっ、ああああッ」

「も、もうっ、おおおおッ、もうダメですっ」

これ以上は耐えられない。ラストスパートに突入して、無我夢中でペニスを出し入れする。プールに大きな波紋がひろがり、頭のなかが燃えあがった。

「はあああッ、わ、わたしも、はああああああああッ！」

次の瞬間、杏奈の絶叫にも似たよがり声が響きわたり、濡れた背中が大きく反り返る。膣が猛烈に収縮して、ペニスをこれでもかと食いしめた。

「ぬおおおおッ、で、出るっ、出る出るっ、くおおおおおおおッ！」

凄まじい快感が、股間から脳天に突き抜ける。俊郎はペニスを勢いよく根もとまでたたきこむと、限界まで膨張していた欲望を一気に解き放った。

直前に射精したとは思えないほど大量の精液が噴きあがり、膣の粘膜を一瞬にして焼きつくす。女体がビクビクと痙攣《けいれん》して、さらにペニスを締めつける。尿道まで圧迫して細くなることで、精液の通過する勢いがアップした。

ペニスを根もとまで膣に挿入したまま、絶頂を噛みしめる。ふたりとも呼吸が乱れており、言葉を交わす余裕はなかった。

興奮の熱狂が鎮まるまで、どれくらいかかったのだろうか。

ようやく呼吸が整うと、俊郎は腰をゆっくり引いてペニスを女壺から抜いた。水のなかで膣口がぽっかり開いており、そこから白濁液が溢れ出す。モワモワと漂っていたが、やがて水のなかに溶けて消えた。

「俊郎くん、よかったわよ」

杏奈が振り返ってささやく。

ほんのりピンクに染まった顔には、満足げな笑みが浮かんでいた。最後の声の感じから察するに、絶頂に達したのかもしれない。セックスレスで刺激に飢えていたことが、俊郎としてはラッキーだった。

「俺、やっていけるでしょうか」

思いきって尋ねてみる。

これがはじめてのマッチングだ。この先、裏会員としてやっていけるのか、どうしても不安が拭えなかった。

「わたしが保証するわ。俊郎くんなら大丈夫よ。アソコが大きいし、なによりかわいいもの」

杏奈はそう言うと、俊郎の頬にチュッと口づけをした。

そして、プールからあがって水着を身につける。俊郎に向かって手を振ると、そのまま静かに立ち去った。

どうやら、これでマッチングは終わりらしい。

じつにあっさりしたものだ。恋愛をするためのマッチングではない。セックスで若返って、美と健康を手に入れるのが目的だ。少し淋しい気もするが、よけいな交流は必要ないのだろう。

俊郎もプールからあがると、そそくさと水着を穿いた。

人妻とセックスをした興奮が胸にある。だが、なにごともなかったフリをして、プールをあとにした。

第三章　なまめきホットヨガ

1

はじめてのマッチングから三日後、俊郎は会社帰りに思いきってフィットネスクラブに立ち寄った。

もしかしたら、プールでの一件が広まっているのではないか。そんな心配をしていたが、いつもとまったく変わらない雰囲気だった。

誰もが黙々とトレーニングをしており、健康的な汗を流している。有酸素エリアも筋トレエリアも、とくに変わったところはない。念のためプールも見に行ったが、やはり会員たちが普通に泳いでいるだけだった。

(俺、あそこで……)

プールの一角を見つめて立ちつくす。

脳裏に浮かぶのは、三日前の出来事だ。あろうことか、みんなが利用するプールのなかで人妻とセックスした。立ちバックでつながり、激しく腰を振りまくった。あのときの感触を今もはっきり覚えていた。

「なにしてるの？」

ふいに背後から声をかけられる。

「ひっ……」

危うく悲鳴をあげそうになり、ギリギリのところで呑みこんだ。

振り返ると、そこには美月が立っていた。いつもの白いタンクトップに黒のスパッツという服装だ。

「この間のことが気になってるんじゃない？」

美月は首を微かにかしげて、俊郎の顔をじっと見つめる。

すべてを見透かすような目だ。俊郎は悪いことをしたわけでもないのに、思わず肩をすくめて下を向いた。

「不安になって、プールを確認しに来たんでしょう」

「じつは、そうなんです」

強がったところで意味はない。素直にうなずくと、美月はいつになく真剣な表情になった。

「向こうで話しましょう」

「ちょ、ちょっと……」

美月が歩き出したので、慌ててあとを追いかける。

なにか気を悪くしたのだろうか。ますます不安が大きくなるが、美月は振り返ることなく歩いていく。そして、無言のまま俊郎をマッサージルームに招き入れると、ドアを閉めて鍵をかけた。

「杉崎くんが心配するのはよくわかるわ。杏奈さんが人妻だったから、バレないか不安なんでしょう」

美月が穏やかな口調で話しはじめる。

気を悪くしたわけではないようだ。それどころか、俊郎の不安を取り除こうと、気を遣っているのが伝わった。

「なにも心配ないわ。裏会員のマッチングのことは、決して部外者に漏れることはないから安心して」

「でも、もし旦那さんにバレたら……」

「そのときは、わたしたちが全責任を負うわ。仮に裁判を起こされて慰謝料を請求されても、こちらで全額負担するから大丈夫。そういったことも含めて、裏会員のみなさまから高い会費をもらってるのよ」

美月が丁寧に説明してくれる。

なにか問題が起きたときは、すぐに対応してくれるという。それを聞いて、ひとまずほっと胸を撫でおろした。

(それにしても……)

ふと疑問が湧きあがる。

いったい、裏会員はいくらの会費を払っているのだろうか。俊郎は美月に勧誘されて特別に無料だが、本来の会費を知らなかった。

「あの、ひとつ聞いてもいいですか」

思いきって切り出した。

「あらたまって、なにかしら」

「裏会員の会費って、いくらなんですか？」

まわりくどいことはせず、ストレートに質問する。

興味本位ではあるが、自分も裏会員なのだから聞いても問題ないだろう。ところが美月はめずらしく言いよどんだ。

「聞かないほうがいいと思うけど……」

「どうしてですか。俺も裏会員なんだし、知らないほうが不自然な気がします」

「普通の会社員では払えない金額よ。ちなみに杏奈さんの旦那さんは、開業医をなさっているの。ほかの裏会員たちも社長や弁護士など、それなりの地位についている方ばかりね」

それを聞いて、思わずたじろいだ。

つまり裏会員は高所得者ばかりということになる。だからこそ、身元がしっかりしていて、秘密も厳守されているのだろう。自分たちの生活を守るために、軽々しく口外できないのだ。

「な、なるほどです……」

平静を保とうとするが、頰の筋肉がひきつってしまう。

裏会員はセレブの集まりだ。平凡な会社員の自分が、裏会員なのが不自然に思えてくる。美月に聞かないほうがいいと言われた理由がわかった気がした。

「俺、場違いじゃないですか？」

「そんなことないわ。前にも言ったでしょう。初心そうな男の子が好きな女性もいるの。杉崎くんは貴重なタイプなんだから、いてくれないと困るわ」

「そうでしょうか。なんか自信ないな……」

俊郎はぽつりとつぶやいて顔をうつむかせる。

なによりセックスの経験が足りない。貴重なタイプだと言われても、女性を悦ばせるテクニックがなかった。

「杏奈さん、とても楽しかったって言ってたわよ。機会があったら、またマッチングしてほしいって」

「えっ、本当ですか？」

思わず声が大きくなる。

あの日は二度目のセックスで、まったく余裕がなかった。人妻の膣がもたらす快楽は強烈で、夢中になって腰を振っていた。杏奈を感じさせるどころか、射精を耐えるのに精いっぱいだった。

「俺、全然ダメだったのに……」

「でも、杉崎くんのがんばる気持ちが伝わったから、きっと杏奈さんは気に入ってくれたのよ」

美月に言われると、そんな気もしてくるから不思議だ。

「また、近いうちに誰かとマッチングするわね」

「よろしくお願いします」

俊郎は深々と頭をさげた。

つづけられるのなら、もちろんつづけたい。なにしろ、この年まで女性と縁のなかった自分が、ただでセックスできるのだ。恋愛に発展することは期待できないが、それでもありがたかった。

2

俊郎は筋トレエリアでレッグプレスを黙々と行っている。

レッグプレスとは下半身の筋肉を鍛えるマシンだ。シートに座ってフットプレートを足で押しあげることで、とくに大腿四頭筋やハムストリングス、大臀筋などに作用する。

俊郎の場合は、十回くらいで限界が来る重さにセットする。そして、十回×三セットを行うようにしていた。

最後のほうは足がパンパンになるが、筋トレをしているという実感が湧くのでやりがいがある。ランニングマシンやフィットネスバイクの有酸素運動も必ず行っているが、断然、筋トレのほうが楽しかった。

(そのうち、ムキムキになるのかな)

汗を拭きながら、ふとそんなことを考える。

ガリガリやプヨプヨよりも、筋肉がついていたほうが女性にモテるだろう。ボディビルダーのような極端なマッチョになる必要はないが、裸になったら驚かれるくらいの細マッチョにはなりたかった。

（さてと、次は大胸筋を鍛えるか）

別のマシンに向かおうとしたとき、少し離れたところに美月が立っているのを発見した。

視線が重なると、手にしていたＡ４サイズの茶封筒を俊郎にだけわかるように軽く持ちあげる。その瞬間、ピンと来た。

（もしかして……）

マッチングかもしれない。

美月は目配せをすると筋トレエリアから出ていく。俊郎もさりげなさを装って廊下に出ると、前方を歩く美月を追いかけた。すると、美月は例によってマッサージルームに入っていった。

俊郎もマッサージルームに入ると、美月がすぐドアに鍵をかける。そして、俊郎の目を見て、小さくうなずいた。

「マッチングが決まったわ。今度はこの人よ」

「ずいぶん早いですね」

差し出された茶封筒を受け取ってつぶやく。

こんなに早く次のマッチングが決まるとは意外だった。はじめてのマッチングから一週間しか経っていない。しばらく先になると思っていたので、心の準備ができていなかった。

「前回、杏奈さんの反応がよかったから、すぐに二度目のマッチングを組んだの」

美月がさらりと説明する。

杏奈と同じように、若くて初心な男が好きな裏会員がいたのだろう。早くて驚いたが、マッチングを組んでもらえるのはありがたい。

「先方は乗り気よ。杉崎くんの返事を聞かせて」

「はい……」

茶封筒のなかからプロフィールの書類を取り出して確認する。

名前は夏目彩香《なつめあやか》。三十五歳のＯＬだ。結婚経験はあるが、現在は離婚して独り身となっていた。

(バツイチか……)

いったい、どんな女性なのだろうか。

三十五歳という年齢から、落ち着いた大人の女性を思い浮かべる。離婚したことで熟れた身体を持てあましているのかもしれない。しかも、裏会員なのだから、高収入なのは間違いなかった。

(でも、美人とは限らないよな……)

結局のところ、いちばん気になるのは容姿だ。

裏会員のマッチングは恋人探しではない。セックスするだけなので、きれいな女性に越したことはなかった。

茶封筒のなかから写真を取り出して視線を向ける。

その瞬間、はっと息を呑んだ。正直なところ期待していなかった。前回の杏奈が美人だったので、連続はないだろうと勝手に思っていたのだ。ところが、写真の女性は杏奈に負けず劣らずの美人だった。

（また、こんなきれいな人が……）

信じられない思いで、まじまじと写真を見つめる。

グレーのスーツに身を包んでおり、落ち着いた雰囲気の大人の女性だ。彫刻のように整った顔立ちに切れ長の瞳がクールな印象を与える。いかにも仕事ができそうなキャリアウーマンといった感じだ。

（俺、今からこの人と……）

自分が了承すれば、これからセックスすることになる。それを考えただけでもペニスが疼《うず》いてきた。

「彩香さん、美人でしょう」

美月の声で我に返る。つい彩香の写真に見惚れてしまった。

「そ、そうですね」

平静を装って答えるが、顔が熱くなっている。

とにかく、プロフィールと写真を茶封筒に戻して美月に返す。相手の確認がすんだら、すぐに返却する決まりになっていた。

すべては裏会員の秘密を守るためだ。

連絡は口頭のみとなっており、証拠が残るメールなどはいっさい使わない。マッチングの確認も、鍵をかけられて防音設備が整っているマッサージルームで行うことになっていた。

「気に入った?」

「は、はい……」

俊郎は赤面しながらうなずく。すると、美月の顔に笑みがひろがった。

「マッチング成立ね。彩香さんはスタジオで待ってるわ。この時間はホットヨガをやってるから、杉崎くんも参加してね」

「ヨガはやったことないんですけど……」

「スタジオに入ったらヨガマットがいくつも敷いてあるから、空いてるのを使っていいわ。あとはインストラクターの真似をすれば大丈夫よ」

「わかりました。では、さっそく行ってきます」

俊郎は胸の高鳴りを覚えながら答える。そして、小さく深呼吸をして気持ちを落ち着かせると、マッサージルームをあとにした。

3

スタジオは熱気が充満していた。

板張りのスタジオにはヨガマットがいくつも敷いてあり、二十人ほどの会員たちがヨガを行っている。女性ばかりで男性の姿はひとりも見当たらない。予想はしていたが、自分がひどく場違いな気がしてしまう。

会員たちの正面の位置にインストラクターの女性がいる。スポーツブラにスパッツという格好でヨガのポーズを取っていた。

（これが、ホットヨガか……）

やっていたのは知っているが、まだ参加したことはない。

ホットヨガとは室温と湿度をあげた場所で行うヨガのことだ。汗をたくさんかくことで、代謝がアップして血行が促進されるらしい。暖かい環境だと筋肉の緊張が緩むため、柔軟性があがる効果もあるという。

各ヨガマットの脇には、ミネラルウォーターのペットボトルが置いてある。大量の汗をかくため、途中で水分を補給しながら行うのだ。

俊郎はいちばんうしろの空いているヨガマットに歩み寄る。そして、見よう見まねでヨガをはじめた。

「次は、ワニのポーズです」

インストラクターが説明しながらポーズを取る。

仰向けになり、右膝を曲げて両手で抱えこむ。次に右膝を左脚の上に倒して、左手で押さえる。さらに右手を真横に伸ばして、手のひらを床につける。これで体を大きくねじったワニのポーズの完成だ。

「息はとめないでください。無理をする必要はありません。できる範囲で行ってください。この姿勢をしばらくキープします」

インストラクターの声がスタジオに響く。

当然ながら彼女は軽々とやっている。ほかの会員たちもなれているのか、ほぼできているようだ。しかし、俊郎は体が硬くて、完全にはねじれなかった。反対側も同じように行うと、それだけで全身の毛穴から汗が噴き出した。

「はい、楽にしてください。それでは、今度はコブラのポーズです」

俊郎がミネラルウォーターを飲んでいると、インストラクターが次のポーズに移行する。

コブラのポーズはうつ伏せになり、まっすぐ伸ばした両脚を腰幅に開く。両手は胸の横の床についた状態だ。息を吐きながら手のひらで床を押して胸を持ちあげる。前を向くことで、背中を引きしめる効果があるという。

「腰を痛めることがあるので、体を無理にそらさないでください。気持ちのいいところでキープです」

インストラクターの説明を聞きながら俊郎もポーズを取る。

単純なポーズだが、確かに無理をすると腰を痛めそうだ。腕を完全に伸ばすことなく適度なところでキープする。ほかの人はどれくらいできるのだろうか。興味本位で周囲をさっと見まわした。

（あっ、あの人……）

右隣のヨガマットにいる女性が目に入った。

マッチング相手の彩香に間違いない。はじめてのヨガで緊張していたので、今まで気づかなかった。

写真でも美人だと思ったが、実際にナマで見ると想像以上の美しさだ。邪魔にならないように黒髪を後頭部で縛《しば》っているため、整った顔がはっきり確認できる。とくに切れ長の涼しげな瞳に惹きこまれた。

彩香は淡いピンクのタンクトップに白のスパッツという服装だ。ぴったり密着するデザインなので、身体のなめらかな曲線が浮き出ている。

ヨガが得意なのかもしれない。コブラのポーズは完璧で、腕をしっかり伸ばして上体を大きく反らしている。そのため、乳房を突き出す格好になっており、双つのふくらみが強調されていた。

（おっぱい、大きいんだな……）

視線はついつい右隣に向いてしまう。

彩香は美人で乳房が大きいだけではない。タンクトップの襟から白い谷間がのぞいているのだ。汗ばんだ首スジが色っぽい。汗がツーッと流れ落ちて、乳房の谷間に消えていく。

これからセックスすると思うと、なおさら気になって仕方がない。どうしても視線が吸い寄せられてしまう。

「はい、結構ですよ。楽にしてください。次は猫のポーズです」

インストラクターが説明しながら手本を見せる。

四つん這いになり、手は肩幅に、膝は拳ひとつ分くらい開く。肩の真下に手首、脚のつけ根の真下に膝を置くようにする。

「これが基本のポーズです。ここから呼吸に合わせて、背中をまるめたり反らしたりをくり返します」

まずは息を吐きながら背中をまるめて高く持ちあげる。そのとき床についた腕の間に頭をグッと入れていく。手と膝で身体をしっかり支えて、背中でアーチを作るイメージだ。

今度は息を吸いながら背中をゆっくり反らす。顔をあげて正面から斜め上方向を見る。頭から尻にかけて大きなカーブを描いていく。

「呼吸を意識して五往復ほど行いましょう。背中まわりがほぐれて、血行がよくなります。はい、息をゆっくり吐きますよ」

インストラクターの声に合わせて、全員がいっせいに息を吐き出す。

俊郎も猫のポーズで背中をまるめながら、右隣の彩香をチラリと見やる。背中がなめらかな曲線を描いており、本当に猫のようだ。

つづいて息を吸いこみ、背中をゆっくり反らしていく。スパッツの張りついた尻が強調されて、思わずドキリとする。腰がしっかりくびれているせいか、曲線が妙に艶《なま》めかしく感じた。

(俺、これからこの人と……)

考えるだけで胸の鼓動が速くなる。

すでにマッチングは成立しているのだが、クールな美貌を見ていると、セックスしている姿が想像できない。

写真はスーツ姿だったので、いかにもキャリアウーマンといった感じだった。会社の上司にいそうな雰囲気だったが、今はタンクトップとスパッツに身を包んでホットヨガで汗を流している。まるで女上司のプライベートを盗み見ているような気分になっていた。

胸の高鳴りを覚えながらホットヨガをつづける。

動きはスローだが、汗の量はかなりのものだ。かなり代謝があがっているのは間違いなかった。

「それでは、橋のポーズいきますよ」

またインストラクターの声が聞こえる。

ヨガというのは、いったい何種類のポーズがあるのだろうか。名前を覚えるだけでも大変だ。

「仰向けになって両膝を立ててください。両手は体の横に置いて、手のひらを床につけます。足は腰の幅に合わせて開いて、膝の真下に踵《かかと》が来るように、つま先は正面を向くようにセットします」

息を吸いながら、両足の拇指球《ぼしきゅう》で床を押して尻をゆっくり持ちあげる。目線は天井に向けて、胸を顎のほうに引き寄せるイメージだ。

「腰痛改善やウエストの引きしめ、美尻効果も期待できますよ」

インストラクターの説明を聞いて、俄然気合いが入る。

腹まわりを引きしめたいので、このポーズは効果があるかもしれない。インストラクターの合図に合わせて、尻をぐっと何度も持ちあげた。

右隣を見やると、彩香も橋のポーズを取っている。慣れているためか尻が高い位置まであがり、股間を突き出すような格好だ。乳房の曲線も見事で、かなり刺激的なポーズになっていた。

「これで終わりです。みなさん、水分をしっかり補給してくださいね」

インストラクターが告げる。すると、会員たちが立ちあがり、スタジオからバラバラと出ていった。

インストラクターは残っている人がいないかどうか、スタジオを見まわして確認する。俊郎と彩香はヨガマットの上に座ったままだが、とくに声をかけることなくスタジオをあとにしてドアを閉じた。

きっとインストラクターはマッチングのことを知っているのだろう。プールのときと同じように、スタジオは貸切になっているに違いない。ほかの人が入ってこないようになっているはずだ。

(ということは……)

いよいよプレイがはじまる。

彩香は澄ました顔で水を飲んでいるが、内心はどうなのだろうか。俊郎は胸の高鳴りを抑えられずにそわそわしていた。

4

スタジオに残っているのは俊郎と彩香だけだ。

なにか話しかけなければと思ったとき、彩香が腰を浮かせる。その直後、立ちくらみがしたのか足もとがフラつき、倒れそうになった。

「危ないっ」

とっさに俊郎も立ちあがり、彼女の身体を抱きとめた。

汗で濡れた腕が触れてヌルリと滑る。首スジやほっそりした鎖骨も、汗でしっとり湿っていた。タンクトップの襟もとからは白い乳房の谷間がのぞいている。それをすぐ近くから見おろしているのだ。

(い、今はダメだ……)

こんなときに見とれている場合ではない。俊郎は自分自身に言い聞かせると、慌てて乳房の谷間から視線をそらした。

「大丈夫ですか」

声をかけると、彩香は腕のなかで小さくうなずく。肩をすくめて、申しわけなさそうに俊郎を見あげた。

「ありがとう……」

礼を言われると、ますますドキドキしてしまう。触れ合っている腕を意識して、胸の鼓動がどんどん速くなっていく。

「だ、誰か呼んできます」

彩香の身体をヨガマットの上に横たえる。そして、急いで助けを呼びに行こうとしたとき、手首をすっとつかまれた。

「本当に大丈夫だから」

「で、でも……」

「やさしいのね。ありがとう」

彩香はそう言って微笑を浮かべる。無理をしているようには見えなかった。

「本当に大丈夫ですか？」

脱水症状だったら一刻も早い治療が必要だ。いくら本人が大丈夫だと言っても、病院に連れていくべきではないか。

「念のため病院に――」

「汗でちょっと滑っただけなの」

彩香は穏やかな声で俊郎の言葉を遮った。

どうやらヨガマットが汗で濡れていたらしい。彩香は恥ずかしげな笑みを浮かべると、身体を起こして横座りした。

「そういうことでしたか……」

俊郎は自分のヨガマットに戻って体育座りする。早とちりをしてしまったが、脱水症状じゃなくてよかった。

「あなたが俊郎くんね。よろしく」

彩香が微笑を浮かべて挨拶する。

写真の印象どおり、落ち着いた雰囲気の女性だ。スパッツに包まれた脚を横に流して、俊郎の目をまっすぐ見つめている。汗で濡れたタンクトップが肌に張りつき、身体のラインがはっきりわかった。

「こ、こちらこそ、よろしくお願いします」

俊郎も慌てて挨拶を返す。

抱きしめた女体の感触が腕に残っている。どうにも落ち着かず、抱えこんだ膝を強く引き寄せた。

「そんなに緊張しなくても大丈夫よ」

「は、はい……」

「ふふっ……聞いていたとおりね」

彩香がぽつりとつぶやく。

いったい、どういう意味だろうか。美月が事前になにか伝えたのかもしれない。だが、それなら俊郎にも説明があるのではないか。

「あなたがいいって、杏奈さんから聞いていたの」

俊郎の疑問に答えるように彩香が口を開いた。

「あ、杏奈さんですか？」

「長く通っていると、自然と知り合いができるでしょう。裏会員同士もつながりができるのよ」

どうやら、裏会員同士で情報交換をしているらしい。裏会員のことは絶対に秘密なので、そんな交流があるとは思いもしなかった。

「杏奈さんが薦めてくれたから、わたしから美月さんに頼んで俊郎くんをマッチングしてもらったのよ」

「そうだったんですか……」

自分が選ばれたと思うと照れくさい。くすぐったい気分になり、まともに彩香の顔を見ることができなくなった。

「わたしのプロフィールは見たでしょう。夫の浮気が原因で離婚したの」

別れた夫は居酒屋チェーンの社長で、彩香は多額の慰謝料を受け取ったらしい。

そのうえ彩香自身も外資系ＩＴ企業でバリバリ働いており、それなりの収入があるようだ。裏会員の高額な会費を払えるのも納得だ。

「夫のことでストレスが大きかったんだけど、美月さんはそれを感じたみたい。裏会員に誘われて、鬱憤《うっぷん》を晴らすためにやってみようと思ったの」

最初はストレス発散のために裏会員になったという。

「でも、それだけじゃないのよ」

彩香はそこで言葉を切ると、意味深に俊郎の目を見つめる。

「身体が欲してるの」

「ほ、欲してるって……」

「離婚して特定の相手がいないんだもの。わかるでしょう」

それ以上は語ろうとしない。

だが、濡れた瞳がすべてを物語っている。つまりは欲求不満なのだろう。三十五歳の熟れた身体を持てあましているに違いない。

いよいよ妖しげな雰囲気になってくる。

緊張感が高まり、喉がカラカラに渇いていることに気づいた。ペットボトルに手を伸ばすが、すでに飲みほして空だった。すると、彩香が自分のペットボトルをすっと差し出した。

「よかったら、これどうぞ」

やさしく言葉をかけてくれる。

だが、口をつけていいものか迷ってしまう。俊郎は構わないが、彩香は自分が口をつけたものを他人が飲むことに抵抗はないのだろうか。

「遠慮しなくていいのよ」

「す、すみません。いただきます」

俊郎は困惑しながらペットボトルを受け取った。

こうなったら飲まないのも逆に失礼だ。悩んだすえ、できるだけ口をつけずに飲もうとする。だが、やはり唇が触れてしまった。

「どうも……ありがとうございます」

水を飲んでペットボトルを差し出す。

なんとなく気まずいが、彩香は微笑を浮かべて受け取ってくれた。そして、ペットボトルのキャップを開けると、躊躇《ちゅうちょ》することなく口をつけて飲みはじめた。

（間接キスだ……）

思わず彼女の唇を凝視する。

意外にも肉厚でぽってりしており、やけに色っぽい。唇は水で濡れて、さらに意味深な感じになった。

「水、もっと飲むでしょう」

彩香の目が俊郎に向けられる。

視線が重なり身動きできなくなってしまう。すると彩香は俊郎のヨガマットに移動して、ペットボトルの水を口に含むと身を寄せた。

両手で頬を挟まれたと思ったら、彩香の唇が重なった。

いきなりのキスだ。さらには口移しで水を流しこまれる。俊郎は反射的に喉を鳴らしながらゴクゴク飲んだ。

(ああっ、なんて甘いんだ……)

うっとりした気持ちになる。

彩香の唾液がまざったことで、水がまろやかになっていた。唇は密着したまま離れず、舌がヌルリと入りこむ。水を口移しされた直後のディープキスだ。俊郎も舌を伸ばして自然にからませた。

「俊郎くん……はンンっ」

名前を呼んでくれるから、ますます気分が高揚する。

「あ、彩香さん……」

俊郎も彼女の名前を呼んで、柔らかい舌を吸いあげた。

無意識のうちに両手をくびれた腰に添える。手のひらに感じるS字の曲線が、キスの悦びを高めていく。

舌を深くからませては、甘い唾液をすすりあげて嚥下する。彩香もお返しとばかりに俊郎の唾液を飲んでくれる。そうやって互いの味を確かめることで、これから起こることへの期待感がふくれあがった。

「わたし、もう我慢できないわ」

唇を離すと、彩香が呼吸を乱してつぶやく。瞳はねっとり潤んでおり、高揚しているのがひと目でわかった。

「ここって貸切になってるんですよね」

俊郎も最高潮に興奮しているが、念のため確認する。

万が一、貸切になっていなかったら大変だ。なにも知らない本会員が入ってきたらパニックになってしまう。

「心配いらないわ。インストラクターが出ていくとき、鍵をかけているはずよ」

そう言われて思い出す。

先ほどの女性インストラクターは、裏会員のマッチングがあるとわかっているようだった。きっとスタジオから出ていくときに鍵をかけたのだろう。

「それにここは、エアロビクスで音楽を大音量で流すから防音になってるの。どんなに大きな声をあげても聞こえないから安心して」

彩香の瞳が妖しげな光を放った。

すぐ隣で横座りをして身体を寄せた状態だ。俊郎は体育座りが崩れて、胡座《あぐら》をかいていた。彩香の手が股間に伸びると、ジャージの上からペニスにそっと触れる。たったそれだけで、甘い刺激が全身にひろがった。

5

「杏奈さんに聞いたわよ。おしゃぶりされたの、はじめてだったんですってね」

彩香は楽しげに言うと、ジャージのウエスト部分に指をかける。

脱がされると思うと恥ずかしいが、反射的に脚を伸ばして尻を持ちあげた。ジャージが引きさげられて、脚から抜き取られる。靴下も脱がされたことで、下半身はグレーのボクサーブリーフだけになった。

「パンツも汗で湿ってるのね」

右手をボクサーブリーフの股間に重ねて彩香がささやく。

ホットヨガで汗をたっぷりかいたため、布地がしっとり湿っていた。しかし、彩香はいやがるそぶりも見せず、股間を撫でまわしている。すでにペニスは芯を通して硬くなり、ボクサーブリーフの前が大きく盛りあがっていた。

「ううっ……」

　布地ごしに竿をつかまれて、体がビクッと反応する。それを見て、彩香がうれしそうに目を細めた。

「いい反応するわね。楽しめそうだわ」

　彩香は至近距離から俊郎の顔を見つめて、竿をゆったり擦りはじめる。

　ボクサーブリーフの上からでも、快感がどんどん大きくなる。あっという間に我慢汁が溢れて、亀頭の先端部分に黒っぽいシミがひろがった。

「すごく濡れてるわよ。どうしたの？」

「す、すみません……」

　思わず謝ると、彩香は「ふふっ」と笑う。そして、さらにペニスをシコシコとしごきあげた。

「くううッ……」

「謝らなくてもいいのよ。わたしは俊郎くんみたいに初心な男の子を感じさせるのが好きなの。元夫が怒鳴り散らすような人だったから、きっとその反動ね。かわいい男の子をヒイヒイ言わせると興奮するのよ」

　彩香の指がボクサーブリーフにかかる。一気に引きおろして、勃起したペニスが剝き出しになった。

Tシャツも脱がされたことで、俊郎は裸になってしまう。スタジオが広いので、なおさら落ち着かない。

「俺だけなんて……」

俊郎は脚を伸ばして座った姿勢で、腰をモジモジとよじらせる。彩香も脱いでくれると心強いが、服を身につけたままだった。

「恥ずかしいのね。照れちゃってかわいいわ」

彩香はそう言って、髪を結んでいるゴムをほどく。首を軽く振れば、黒髪がフワッとひろがって背中に垂れ落ちた。

「仕方ないから、わたしも脱いであげる」

俊郎の目を見つめて微笑を浮かべる。そして、タンクトップをゆっくりまくりあげると頭から抜き取った。

現れたのはグレーのスポーツブラだ。機能性を追求した飾り気のないものだが、それが逆に白くてなめらかな肌を際立たせている。布地が汗で湿っているのも、妙に色っぽかった。

さらにスパッツも脱ぐと、スポーツブラとセットのパンティが見えてきた。動きやすさを考慮したのか、布地の面積がやけに少ない。肌にぴったり張りついており、恥丘のふくらみがはっきりわかった。

（すごい身体だ……）

なにより引きしまった身体に驚かされる。

ホットヨガだけではなく、ほかのトレーニングも行っているのは明らかだ。腰が細くて、腹筋がうっすら割れている。腕や脚にも筋肉がついており、それでいながら乳房や尻はむっちりして女性的なラインを描いていた。

（ああっ、最高です）

俊郎は思わず心のなかでつぶやいて、まじまじと見つめる。

ここまで来たら、この目ですべてを確認したい。スポーツブラとパンティを脱いでほしかった。

「そんなに見られたら、穴が空いちゃうわ」

彩香はそう言いながらも満更《まんざら》ではなさそうだ。

若い男が自分の身体に夢中になっていることがうれしいのだろう。スポーツブラに手をかけると、あっさり取り去った。大きな双つの乳房が、プルンッと揺れながら溢れ出す。

（おおっ……）

俊郎は思わず腹のなかで唸った。

目の前に迫っているのは、下膨れした大きな乳房だ。杏奈ほど張りはないが、そのぶん柔らかそうだ。先端に載っている淡い桜色の乳首も視線を惹きつける。興奮しているのか、触れてもいないのに隆起していた。

パンティもゆっくりおろして左右のつま先から抜き取ると、彩香は一糸まとわぬ姿になった。恥丘には黒々とした陰毛がそよいでいる。形を整えることなく、自然にまかせているようだ。

(なんか、すごいな……)

かなり毛量があり、それがなぜか卑猥に感じる。

毛深い女は情が深いと聞いたことがあるが、その話は本当だろうか。少なくとも彩香には当てはまる気がした。

「これでいっしょよ。もう恥ずかしくないでしょう」

彩香は裸になって微笑んだ。

だが、剝き出しのペニスを見られる羞恥が消えることはない。女性の前で堂々と振る舞うには、まだまだ経験が足りなかった。

「や、やっぱり、恥ずかしいです」

「大丈夫、すぐに忘れさせてあげる」

彩香はヨガマットの上で四つん這いになる。

俊郎の脚を開かせると、そのまま股間に近づいてきた。ペニスを目の前にして、先ほどホットヨガで行った猫のポーズを決めているのだ。

（まさか、このまま……）

ペニスの先端に熱い息がかかっている。期待がふくらんでいくが、同時に不安が湧きあがった。

「汗をいっぱいかいたから……」

「そんなこと気にしなくていいのよ」

彩香は股間に顔を寄せたままの姿勢でささやく。熱い息が亀頭を撫でて、思わずペニスがピクッと跳ねた。

「うッ……で、でも、汗くさいです」

「それがいいのよ。若い男の子の汗の匂いが大好きなの」

本心から言っていると声の調子でわかる。

彩香は顔を寄せるだけで、なかなかペニスに触れようとしない。鼻をクンクン鳴らして、汗と我慢汁の匂いを嗅いでいた。

「はあっ、いいわ。俊郎くん、とってもいいわよ」

「ううっ……は、早く」

焦らされている気分になり、こらえきれずに訴える。

我慢汁が次から次へと溢れて、亀頭をぐっしょり濡らしていた。一刻も早く触れてほしい。ペニスに直接的な刺激を与えてほしい。いつしか羞恥よりも欲望のほうが大きくなっていた。

「もう我慢できないの？」

「は、はい、お願いします」

顔を歪めて懇願する。

こうしている間も我慢汁が溢れて、竿までトロトロと流れ落ちていた。焦燥感が募り、感度ばかりがあがっていく。

「ああっ、その顔、とってもいいわ。ゾクゾクしちゃう」

「あ、彩香さんっ」

熱い息が吹きかかって、もうこれ以上は耐えられそうにない。いっそ自分でしごくしかないと思うところまで追いつめられる。その直後、裏スジを根もとから先端に向かってネロリと舐めあげられた。

「くあああああッ！」

たまらず大きな声が漏れてしまう。それと同時にペニスがビクンッと跳ねて、尿道口から白濁液が噴き出した。

「あンっ、すごいっ」

彩香が目を見開いて驚きの声をあげる。

なにしろ、裏スジをたった一回舐められただけで射精してしまったのだ。ペニスは意思を持った生き物のように脈動して、精液を何度も何度も放出する。まるで間歇泉《かんけつせん》のように、白い粘液がくり返し噴きあがった。

「おおおッ……おおおおッ！」

情けない呻き声がとまらない。

まさかこんな簡単に射精するとは思わなかった。今はなにも触れていないのに、太幹が震えて白濁液を吐き出している。とにかく、全身の細胞が痙攣して、仰け反るほど気持ちよかった。

やがて精液をすべて放出して、ようやく射精の発作が収束した。

ところが、これで終わったわけではなかった。精液まみれになったペニスに、彩香の唇がかぶさったのだ。

「きれいにしてあげるね……はむンンっ」

いきなり根もとまでぱっくり咥えこむと、口内で舌を這わせはじめる。射精直後のペニスをしゃぶられて、くすぐったさと快感が同時に湧きあがった。

「くうううッ」

またしても体がヨガマットの上で仰け反る。

射精してペニスが萎える間もなく、お掃除フェラがはじまったのだ。凄まじい快感が突き抜けて、呻く以外になにもできない。ペニスは萎えるどころか硬くなり、口内で雄々しく反り返った。

「あふンっ、逞しいわ」

彩香がくぐもった声でつぶやき、ペニスをねちっこくしゃぶりつづける。付着している精液を舌で舐め取っては飲みくだし、さらには首をゆったり振って唇で太幹を刺激した。

「うあああッ、す、すごいっ」

くすぐったさが快感に呑みこまれる。ペニスは棍棒《こんぼう》のように硬くなり、新たな我慢汁が溢れ出した。

「ンっ……ンっ……」

彩香はねちっこく首を振っている。

精液と汗の匂いが鼻を突いているはずだ。それなのに、さも美味《うま》そうにペニスを舐めまわしている。いやがるどころか、男の匂いに酔っているようだ。いつまで経っても猫のポーズのままフェラチオをつづけていた。

「あ、彩香さん、も、もう……」

俊郎は耐えかねて声をかける。

これ以上つづけられたら、また射精してしまう。彩香は夢中になっており、黙っていたらペニスを放しそうになかった。

「また気持ちよくなってきちゃった？」

ようやく彩香が顔をあげる。

美貌がうっすらと桜色に染まり、額には汗が滲んでいた。汗を拭うのも忘れて、ペニスをしゃぶっていたのだ。

「俊郎くんのオチ×チン、すごくおいしいわ。ずっと舐めていたいくらいよ」

肉厚の唇から驚きの言葉が紡がれる。

黙っていれば話しかけるのを躊躇するほどの美女だ。それなのにフェラチオが大好きだという。これはうれしいギャップだった。

解放されたペニスは精液がきれいに舐め取られており、代わりに唾液でヌラヌラと濡れ光っている。萎えることなく生気を取り戻して、尿道口には我慢汁のドームができていた。

「すごいのね。わたしが上になってもいい？」

どうやら、休むことなくセックスに突入するらしい。

興奮しているのは俊郎も同じだ。こっくりうなずけば、彩香はうれしそうに腰をくねらせた。

6

(上になるって、こういうことか……)

俊郎は思わず心のなかでつぶやいた。

てっきり美月が筆おろしをしてくれた騎乗位だと思った。ところが、彩香は後ろ向きになって股間をまたいでいる。両膝を立てた背面騎乗位の体勢だ。

(これはこれで……)

目の前になかなかの絶景がひろがっている。

彩香の大きな尻をじっくり拝むことができる体位だ。適度に脂が乗った双臀が、股間の真上にある。尻たぶはまるで搗《つ》き立ての餅《もち》のように白くて美しい。中央の臀裂を視線でたどっていくと、熟れた陰唇が現れる。少し色素沈着のある紅色が、妙に艶めかしく映った。

「俊郎くんのオチ×チンがほしいの」

彩香は右手を股間に伸ばしてペニスをつかむと、亀頭を自分の膣口に導く。先端をあてがって、腰をゆっくり落としはじめた。

「はンンっ……お、大きい」

かすれた声が色っぽい。

亀頭を呑みこんで動きをとめると、大きさをなじませるように腰をゆったり回転させる。そして、再び腰をじわじわ落としていく。

(す、すごい……なんていやらしいんだ)

仰向けになっている俊郎には、挿入していく過程がまる見えだ。

膣口がひろがり、ペニスが突き刺さっている。太い肉棒が陰唇を引き伸ばして、ズブズブと埋まっているのだ。根もとまですべて呑みこむと、白い尻たぶに微かな痙攣が走り抜けた。

「あぁンっ、こんなに大きいなんて……」

彩香がせつなげな瞳で振り返る。

「怖いくらいよ……ああっ、奥まで来てる」

「ううッ……彩香さんのなか、すごく熱いです」

俊郎も呻きまじりにつぶやいた。

はじめての背面騎乗位でつながったのだ。しかし、どうして普通の騎乗位ではなく背面騎乗位にしたのだろうか。

「普通の騎乗位とどう違うんですか？」

素朴な疑問をなげかける。すると、彩香は腰をゆったりまわして、膣とペニスをなじませながら再び振り返った。

「角度が違うの……こっちのほうがいいところに当たるから……ああンっ」

そう言っている最中に、感じる場所が刺激されたらしい。女体がビクッと反応して甘い声が溢れ出した。

「動いていい？」

彩香はそう言うと、俊郎が返事をしていないのに腰を振りはじめる。

よほど昂《たかぶ》っているのだろうか。最初はゆったりと尻を上下に弾ませる。だが、すぐに速度があがっていく。前屈みになって両手で俊郎の足首をつかむと、腰の動きが一気に激しくなった。

「ううッ……ううッ……い、いきなりっ」

「あああッ、こ、これ……これよ、これがほしかったの」

尻を勢いよく打ちおろすたび、女体に痙攣が走り抜ける。快感がひろがっているのが伝わり、俊郎の欲望も刺激された。

「は、激しいっ、くううッ」

フェラチオで一度射精しているので耐えられるが、強烈な快感が次から次へと湧き起こる。早くも射精欲が生じるのを感じて、気持ちを引きしめた。

「大きいから当たるの……ああッ……ああッ……」

腰を振るたび、彩香の喘ぎ声が大きくなる。

どうやら感じる場所に亀頭を当てているらしい。尻を打ちおろしながら、股間をしゃくりあげるのだ。すると、膣道全体が収縮するため、俊郎の快感も爆発的にふくれあがった。

「そ、それ、すごいですっ、うううぅッ」

快感に耐えていると、汗が溢れてとまらなくなる。

ホットヨガで汗をかいたことで、代謝がよくなっているのだろうか。それとも室温が高いままなのだろうか。とにかく、ふたりとも汗だくになって、背面騎乗位で快楽に没頭していた。

「ああッ、俊郎くんっ、あああッ」

「そ、そんなに激しく振ったら……くうううッ」

彩香の喘ぎ声と俊郎の呻き声が交錯する。

快感はふくれあがる一方だ。ふたりとも愉悦に浸っているが、いずれ昇りつめる瞬間が訪れる。ひとりで先に達するわけにはいかなかった。

(このままだと……)

今は我慢できても、そのうち射精欲を抑えられなくなりそうだ。彩香の腰の振りかたが強烈で、快楽に呑みこまれてしまう気がした。

「俺も動いていいですか……ふんんッ」

俊郎は尻をヨガマットから浮かせて、股間をグイッと突きあげる。

先ほど習った橋のポーズの応用だ。ペニスが膣に深く突き刺さり、彩香の背中が大きく仰け反った。

「はあああぁッ」

いっそう艶めかしい喘ぎ声がほとばしる。

汗ばんだ尻たぶに震えが走り抜けて、俊郎の足首をつかむ手に力が入った。膣の締まりが強くなり、太幹をギリギリと締めつける。華蜜の量がどっと増えて、ふたりの股間はひどい状態だ。

「ダ、ダメよ、いきなり……あああッ」

口ではそう言いつつ、彩香は黒髪を振り乱して腰を振りつづける。恥も外聞もなく貪欲な姿をさらしていた。

「ふたりで動いたほうが、もっと気持ちいいと思って……」

俊郎も腰の動きをやめない。何度も股間を突きあげて、ペニスをグイグイと出し入れした。

「ああッ、ああッ……と、俊郎くんっ」

彩香の喘ぎ声が切羽つまる。

絶頂が近づいているのかもしれない。それでも腰を上下に振りつづける。ペニスを締めつけて、快楽だけを追い求めていた。

「あ、彩香さんっ、ううう ッ」

俊郎も余裕はない。全身の毛穴から大量の汗が噴き出している。確実に限界が近づくなか、必死に腰を振り、ペニスで膣のなかをかきまわした。

「も、もうっ……はあああッ」

彩香が振り返り、濡れた瞳で訴える。

「お、俺も……くうううッ」

奥歯を食いしばって全身の筋肉に力をこめる。少しでも長持ちさせようと射精欲に逆らいながら、最後の一撃とばかりに股間を突きあげた。

「はあああッ、い、いいっ、あああッ、あああああああああッ！」

彩香のよがり泣きがスタジオ中に響きわたる。

背面騎乗位でペニスを食いしめて、全身をガクガクと痙攣させる。顎が跳ねあがり背中が弓なりのカーブを描く。結合部分からグチュッという下品な音がして、大量の華蜜が噴き出した。

「くうううッ、で、出るっ、くおおおおおおおッ！」

俊郎は股間を突きあげると、ペニスを奥の奥まで突きこんだ。次の瞬間、頭のなかがまっ白になり、精液が尿道を駆け抜ける。勢いよく噴きあがり、凄まじい快感の波が押し寄せた。

ペニスが膣のなかでドクドクと脈打ち、ザーメンを次から次へと放出する。熱い媚肉に包まれて射精するのは、気が遠くなるほどの快感だ。絶頂している間も女壺は蠢《うごめ》いて、咀嚼《そしゃく》するようにペニスを刺激しつづける。

「おおおおッ……おおおおおッ」

もはや快楽の呻き声を漏らすことしかできない。股間を突きあげたまま、最後の一滴まで膣のなかに注ぎこんだ。

力つきて尻をヨガマットの上に落とす。彩香もぐったりして、俊郎の足もとに突っ伏した。

しばらく、ふたりともそのまま動けなかった。

どれくらい時間が経ったのだろうか。やがてペニスが萎えて、自然と膣からズルリと抜け落ちた。

彩香は向きを変えると、俊郎の隣に寄り添った。

汗ばんだ身体が密着してヌルヌル滑る。大きな乳房が俊郎の腕に触れており、柔らかく形を変えていた。

「すごいじゃない。イカされちゃったわ……」

彩香が耳もとでささやく。

その言葉ではじめて彼女が絶頂に達したと知った。股間を突きあげてペニスを出し入れしたのが効果的だったらしい。

「俺が……彩香さんを……」

「かわいいだけじゃなくて、男らしいところもあるのね」

彩香が覆いかぶさり、唇を重ねる。

舌をからめて甘い唾液を味わいながら、少し誇らしい気持ちになった。

まったくモテなかった自分でも、がんばれば女性を感じさせることができるかもしれない。とにかく、たくさん経験を積むしかなかった。

第四章　ローターでエクササイズ

1

フィットネスクラブに通いはじめて二カ月が経っていた。

早く帰れる日は、できるだけフィットネスクラブに寄っている。

最初のうちは翌日になっても疲れが残っていた。朝、起きるのがつらいときもあったが、ようやく体が慣れてきたようだ。今はトレーニングの翌朝も気持ちよく起きられるようになっていた。

とはいえ、調子に乗って筋トレをやりすぎれば筋肉痛になる。だが、その痛みすらも心地よく感じるようになった。

体は疲れていても、なぜか楽しいと思えるのだ。筋トレは中毒性があると聞いたことがあるが、こうしてはまっていくのかもしれない。

（俺が筋トレにはまるとはな……）

思わず苦笑が漏れる。

体を動かすのが、こんなに気持ちいいとは知らなかった。自分でも意外だったが、今や筋トレが趣味になっていた。

そして、今日も仕事を終えると、フィットネスクラブに立ち寄った。

更衣室でTシャツとジャージに着替える。じつは先日、トレーニングウェア一式を新調した。どうせなら気持ちよく筋トレしたかった。

今日も有酸素エリアのフィットネスバイクで軽く汗を流してから、筋トレエリアに向かうつもりだ。全身の筋肉をまんべんなく鍛えるため、いろいろなマシンを順番に使うようにしている。

（今日はどれにしようかな……）

そんなことを考えながら更衣室を出て、有酸素エリアに向かう。

すると、美月を見かけた。茶封筒を持っていないので、マッチングの話があるわけではないようだ。たまたま通りかかっただけだろう。

「こんにちは」

美月は爽やかな笑みを浮かべている。

タンクトップとスパッツが似合うインストラクターだ。この美しい女性に筆おろしをしてもらったことが、今となっては遠い過去に感じられた。

「こんにちは」

俊郎もいつもの調子で挨拶を返す。すると、美月が立ちどまり、顔をまじまじとのぞきこんだ。

「どうしたんですか？」

「杉崎くん、なんだか変わったわね」

しみじみとした言葉だった。

いったい、どういう意味だろうか。思わず首をかしげると、美月は楽しげにクスッと笑った。

「自分に自信がついたんじゃない？」

「そう見えますか」

「表情が明るいし、気持ちが前向きになった感じがするわ」

確信に満ちた言いかただ。

指摘されると心当たりがある。少し筋肉がついたからなのか、気持ちがポジティブになっていた。

（それに、セックスも覚えたしな……）

思わず顔がニヤけそうになり、慌てて表情を引きしめる。

きっと裏会員になったことも影響しているに違いない。彩香のあとも、ふたりとマッチングしている。経験を生かして、しっかり絶頂させることができた。それが自信につながっている気がした。

(でも、いつも美月さんからなんだよな)

ふと思う。

マッチングの話に関しては、いつも受け身だった。自分から相手を選ぶことはできるのだろうか。彩香は知り合いの杏奈から俊郎のことを聞いて、マッチングしてもらったと言っていた。

「相談したいことがあるんですけど」

あらたまって切り出す。

すると、美月の顔から笑みが消えた。裏会員に関する話だと悟ったらしい。真剣な表情で小さくうなずいた。

「ついてきて」

美月が廊下を歩きはじめる。

俊郎は黙ってあとをついていく。ふたりはマッサージルームに入ると、施術台に並んで腰かけた。

「相談って？」

「マッチングの相手を俺が選ぶことってできるんですか」

思いきって希望を伝える。

「ずいぶん積極的になったじゃない」

美月の顔に笑みがひろがった。

「もちろん、杉崎くんが選ぶこともできるわよ。でも、マッチングがうまくいくとは限らないわよ」

そう言われて、相手に断られる可能性があることに気がついた。

美月がマッチングしてくれるときは、互いの好みを考慮している。だから、失敗することはほとんどないという。

「断られるのって想像以上にショックなものよ。しばらくダメージを引きずる人もいるの。杉崎くんは大丈夫?」

心配してくれているのがわかる。

それでも、たまには自分で選んでみたいと思う。やはり性格がポジティブになったのかもしれない。

「ダメもとでやってみたいです」

「わかったわ。リストを持ってくるから、ちょっと待ってて」

美月はいったんマッサージルームから出ていった。

すぐに戻ってくるかと思ったが、意外と時間がかかっている。いったい、どこまで行ったのだろうか。

「お待たせ」

ようやく美月が戻ってきた。

胸にファイルをしっかり抱えている。タブレットを使わずアナログなのは、情報漏洩を気にしてのことだろう。しかし、万が一このファイルを紛失したり盗まれたりしたら一巻の終わりだ。

「これが裏会員のリストよ。好きな人を選んで」

「こんな大事なものを持ち出してもよかったんですか？」

恐縮しながらファイルを受け取った。

「確かに取り扱い注意の重要なファイルね。厳重に保管してあるから、どうしても持ってくるのに時間がかかるの」

なかなか戻ってこなかったのは、そういう理由があったのだ。

「でも、危険じゃないですか。俺が持ち逃げする可能性もあるわけだし」

「ひとりではファイルを持ち出せない規則があるの。外にほかのインストラクターが待機してるわ」

「えっ……なんかすみません」

思ったよりも大事になっている。今さらだが、面倒なことを頼んで申しわけない気持ちになってきた。

「気にしなくていいのよ。こういうことも、すべて裏会員の会費でまかなっているんだから」

「な、なるほど……」

俊郎は裏会員の会費を免除してもらっている。本会員の会費も半額なので、なんとなく肩身が狭かった。

とにかくファイルを開いて確認する。

写真とプロフィールが書いてあるのでわかりやすい。これまでと違うタイプの女性にしたかった。

(年上ばっかりだったから……)

思い返すと全員が自分より年上だ。

たまには年下の女性とセックスしてみたい。それに多少なりともセックスを覚えたので、自分がリードできる初心なタイプがよかった。

「たくさんいますね」

「好きな女性を選んでいいわよ。成功するかどうかは別として、マッチングはしてあげる」

「そうですよね。ダメもとで……」

ファイルをめくっていくと、ひとりの女性が目にとまった。

滝川瑠璃《たきがわるり》、二十三歳のＯＬだ。会費が高額なこともあり、年下は数えるほどしかいない。どうやって会費を払っているのかはわからない。とにかく、年下の裏会員のなかで、もっとも初心そうな女性だ。

写真の瑠璃は純白のワンピースを着ている。遠慮がちな笑みを浮かべており、清楚を絵に描いたような女性だ。裏会員ではあるが、きっとセックスの経験は少ないのではないか。

（こんな人を自由にできたら……）

考えただけでも興奮する。

自分が主体となったセックスを楽しむつもりだ。とはいっても、マッチングがうまくいかなければ話にならない。

「この人がいいです」

指名してファイルを返す。

なんとなく照れくさい。女性を指名するのは、自分の欲望をさらしているようなものだ。顔が赤くなるのを自覚するが、懸命に平静を装った。

「瑠璃さんね。またむずかしい人を選んだわね」

「なにかあるんですか？」

「とくに問題はないのよ。でも、マッチングの成功率が低いのよね。瑠璃さんは、すごく繊細だから……」

美月がめずらしく言葉を濁した。

詳しく知りたいが、聞いてはいけない気がする。ただ写真を見る限り、悪い印象は受けなかった。

もしかしたら、経験が極端に少ないのかもしれない。なにしろ清楚な雰囲気の女性だ。男に対して警戒心が強くて、マッチングがうまくいかないのではないか。なんの根拠もないが、そんな気がしてならなかった。

「それで、希望の場所は？」

気を取り直したように美月が質問する。

「場所も選べるんですか？」

俊郎は思わず聞き返した。

これまでプールやスタジオでセックスをしてきたが、あれは相手の女性の希望だったらしい。

「杉崎くんは初心者だったから、考える余裕なんてなかったでしょう。だから、これまでは相手の希望を優先していたの。でも、今回は杉崎くんのリクエストだから、好きな場所を選んでいいわよ」

「それじゃあ……フリーウエイトエリアにします」

まだ一度もやったことがない場所を選択する。どんなプレイをするかは、あとで考えるつもりだ。

「わかったわ。瑠璃さんに伝えてくるわね」

「今からですか？」

「ええ、ちょうど来てるの。杉崎くんはフリーウエイトエリアで待っていて。了承が得られたら、瑠璃さんが行くわ」

美月は当たり前のようにさらりと言う。

展開が早すぎて心の準備ができていない。自分から提案したことだが、俊郎は激しくとまどっていた。

「そんなに急がなくても……」

「マッチングはスピードが命なの。盛りあがっているときに会うと、ホルモンがすごく刺激されるのよ」

そう言われて思い出す。

そもそもマッチングは美と健康のために行われているのだ。俊郎は本来の目的を忘れて、セックスすることだけを考えていた。

「そういうことだから、瑠璃さんに話してくるわ」

「は、はい、わかりました」

こうなったらやるしかない。マッサージルームを出ると、俊郎はフリーウエイトエリアに向かった。

2

フリーウエイトエリアは、あまり利用したことがない。

バーベルを使ったトレーニングは危険をともなう。とくに初心者の場合は補助をつける必要がある。しかし、筋肉ムキムキの男性インストラクターが近くにいるのは落ち着かない。ベンチプレスは何度かやって、やり方はわかっている。だが、マイペースでやれないのがいやだった。

だから、なんとなく足が遠のいていた。

だが、今日は特別だ。もし瑠璃が来たら、ここでセックスすることになる。それを考えると、気持ちの昂りを抑えられなかった。

フリーウエイトエリアには、インストラクターのほかにはふたりの会員がトレーニングを行っている。ひとりはダンベルで腕の筋肉を鍛えており、もうひとりはベンチプレスの最中だ。

俊郎はインストラクターの世話になりたくないので、軽めのダンベルを持ってスクワットをはじめた。

(来てくれるかな……)

脳裏に瑠璃の姿を思い浮かべる。

清楚な顔が快楽に歪むところを見てみたい。己のペニスを突きこんで、思いきり感じさせたかった。

それにしても時間がかかりすぎだ。

やはりダメだったのだろうか。時間が経過するほどに、あきらめの色が濃くなっていく。残念だが仕方ない。そう思ってトレーニングをつづけていると、三十分ほどしてひとりの女性が現れた。

淡いピンクのタンクトップに白いスパッツを穿いている。セミロングの黒髪が美しくて、清らかな空気を纏《まと》っていた。

(間違いない……)

ひと目見て確信する。

写真で見たイメージのままだ。瑠璃が周囲をさっと見まわす。そして、俊郎と視線が重なると、はにかんだ笑みを浮かべて軽く会釈した。

（ど、どうも……）

思わず心のなかでつぶやいて会釈を返す。

ダメもとだったが、意外なことに了承してくれたのだ。瑠璃は俊郎の写真とプロフィールを確認したうえで、ここに来たことになる。セックスをするつもりだから、彼女のほうも昂っているに違いない。

スレンダーな体型だが、ウエストはしっかりくびれている。乳房と尻はほどよいサイズで、柔らかな曲線を描いていた。これまでの女性たちもよかったが、控えめな感じが好ましく思えた。

瑠璃は部屋の隅に立ちつくしている。

持参したバッグを足もとに置いて、落ち着かない様子だ。フリーウエイトエリアはあまり利用しないのではないか。あたりを見まわすだけでトレーニングをはじめる気配はなかった。

そのとき、美月がやってきて、男性インストラクターになにやら耳打ちした。

このエリアを貸切にすることを伝えたのではないか。美月がいなくなると男性インストラクターが口を開いた。

「みなさん、申しわけございません。貸切が入ったので、別のエリアに移っていただけますか」

そのひと言で、先にトレーニングを行っていた男性ふたりが出ていく。インストラクターは俊郎と瑠璃には声をかけず、静かに立ち去った。

3

これでほかの人は入ってこないはずだ。

マッチングが成立したのだから、ここでセックスしても構わない。しかし、まずは年上の自分がリードして距離を縮めるべきだろう。

「こんにちは」

思いきって声をかける。

ところが、瑠璃は視線を落として立ちつくしたままだ。聞こえていないはずはないのに、返事をしてくれなかった。

(照れてるのかな?)

裏会員になって日が浅いのではないか。

そうだとしたら、緊張している可能性もある。ますます自分がうまくリードしなければという思いが強くなった。

「瑠璃ちゃんですよね」

もう一度声をかける。

すると、瑠璃が顔をあげた。俊郎に向けた視線はやけに鋭い。清楚な顔立ちをしているが、意外にも気は強そうだ。

「いきなり、ちゃん付けですか」

愛らしい声で不満を口にする。どうやら、俊郎に「瑠璃ちゃん」と呼ばれたのが気に入らなかったらしい。

「わたしたち初対面ですよね」

「そ、そうだね……ごめんなさい」

慌てて謝罪の言葉を口にする。

こんなことで気分を害してしまったら、セックスどころではない。せっかくマッチングが成立したのに、なにもできないのは悲しすぎる。なんとか機嫌を直してほしくて頭をさげた。

「瑠璃さん、でいいですか？」

恐るおそる確認する。瑠璃は考えこむように首を少しかしげると、一拍置いて口を開いた。

「その呼びかたは嫌いです」

「じゃあ、滝川さん？」

名字だと距離を感じるが、こだわっている場合ではない。彼女が気に入る呼びかたをするしかなかった。

「それはもっと嫌いです」

「えっと、それじゃあ……」

「最初のでいいです」

瑠璃はそっぽを向いて、ぽつりとつぶやいた。

「それって、瑠璃ちゃんでいいってこと？」

「だから、そう言ってるじゃないですか」

こちらを見ることなく言い放った。

口調はぶっきらぼうだが、なぜか頬がピンク色に染まっている。怒っているのか照れているのか、今ひとつわからなかった。「瑠璃ちゃん」と呼ばれるのがいやなわけではなく、初対面なのになれなれしいのが気に入らなかったのだろうか。

（なんか、思ってたのと違うな……）

俊郎は困惑を隠せずに黙りこんだ。

写真だと清楚に見えたが、性格はわがままな感じがする。これまで接したことのないタイプだ。中学や高校のときに、こういう面倒くさい感じの女子がクラスにひとりはいた。だが、できるだけかかわらないようにしてきたのだ。

「これ、やってみたいから手伝って」

今度は瑠璃のほうから話しかけてくる。

興味津々といった感じでベンチプレスの台に仰向けになると、ラックに載っているバーベルを両手でつかんだ。

「やったことあるの？」

「ないわ。俊郎はあるんでしょ」

瑠璃は年下なのに、いきなり呼び捨てにした。

自分がちゃん付けされて怒っていたのに、人のことは平気で呼び捨てにする。その神経が理解できない。俊郎は呆気に取られて黙りこんだ。

「早くしなさいよ」

瑠璃はあくまでも上から目線だ。どういう環境で育ったら、こんな性格になるのだろうか。

「やめたほうがいいよ」

「どうしてよ」

「女の子には無理だよ」

つい突き放すような口調になる。

本当は補助につきたくないだけだ。瑠璃の態度を見ていると、かかわりたくないという気持ちが強くなる。写真を見た限りでは、まさかこんなに高飛車な女性だとは思わなかった。

「あなたがわたしを選んだのでしょう。ちゃんとしなさいよ」

冷たい態度を取られて、瑠璃も黙っていない。怯《ひる》むことなく、すかさず強い口調で言い返した。

痛いところを突かれて、俊郎はなにも言い返せなくなる。

確かに瑠璃を選んだのは自分だ。リストを見て、美月にリクエストしたのだ。とはいえ、マッチングが成立したあとでも拒絶できる規則だ。美と健康のためなので無理をしても意味がない。気持ちのいいセックスをしてはじめて、ホルモンの分泌がうながされるという。

(でも、拒絶するのは、ちょっと……)

自分で選んでおきながら拒絶するのは抵抗がある。さすがにそれは女性に失礼な気がした。

(まあ、黙っていれば美人だし……)

瑠璃の顔をチラリと見て、自分を納得させる。

性格は合わないが、美人なのは否定しない。素直にやらせるとは思えないが、ヒイヒイ喘がせることができれば最高だ。こうなったら、一刻も早くセックスに持ちこみたかった。

「手伝いなさいよ」

「わかったよ」

とにかく機嫌を取らなければセックスできない。とりあえず、ベンチプレスにつき合うしかないだろう。

「これだと重すぎるから軽くするよ」

バーベルを確認して、すぐに無理だと判断した。

ラックに載っているバーベルは、バーの左右にそれぞれ十キロのプレートがついている。バーの重さが二十キロなので計四十キロだ。俊郎はベンチプレスをあまりやらないが、それでも重すぎるとわかった。

「なんでもいいから早くして」

瑠璃の口調はあくまでも偉そうだ。

自分のために年上の男が準備しているというのに、何様のつもりだろうか。苛立《いらだ》ちを覚えるが、ここはこらえてバーベルからプレートをはずしていく。十キロのプレートを左右からはずしてバーだけにした。

「ちょっとバカにしてるの？」

「どうして？」

「棒だけじゃない。こんなの誰だってできるでしょ」

瑠璃はむきになって言い返す。初心者なのだから知らないのは仕方ないが、口のききかたは気になった。

「このバーだけで二十キロあるんだよ。やったことないなら、これくらいからはじめたほうがいいと思うよ」

重さを告げた瞬間、瑠璃の顔色が変わる。明らかにテンションが落ちるが、それでも強気なのは変わらない。

「そこまで言うならわかったわよ。ちゃんと補助してよね」

「はいはい……」

俊郎は補助につくため、ベンチプレスの頭側にまわりこんだ。

自分がやったとき、インストラクターが補助についてくれたのを思い出す。腰を落として両足を踏んばり、両手をバーベルに添えた。

「いいよ。持ちあげて」

「えいっ」

瑠璃が声を出して、腕に力をこめる。

ところが、バーベルはびくともしない。バーベルといってもバーだけだが、それでも微動だにしなかった。

「ちょっと、上から押さえてるんじゃないの？」

「そんなことしないよ。万が一に備えて、手を添えてるんだ。ほら、両足の裏も床にしっかりつけて、ぐっと押しあげて」

「こ、こう？」

瑠璃が顔を歪めて懸命に力をこめる。

やはりバーは動かないが、俊郎が両手で軽く持ちあげて手伝った。すると、ようやくバーがラックからはずれる。

「お、重い……ううっ」

瑠璃の唇から呻き声が溢れ出す。

だが、まだバーを持ちあげただけだ。これを胸までおろして、再び持ちあげなければならない。この様子だと、一回でもできればいいほうだ。

「苦しくなったら合図して」

俊郎が声をかけると、瑠璃はゆっくり腕を曲げる。

ベンチプレスは大胸筋や肩、上腕三頭筋などを主に使う。しかし、瑠璃の場合は圧倒的に筋力が足りていない。俊郎が手を添えていなければバーが一気に落ちて、胸を押しつぶしているだろう。

「はンンっ……」

瑠璃は苦しげな表情を浮かべて、懸命に力をこめている。

ようやくバーが胸までおりたところだ。おそらく、本人は自分の力でやっているつもりだろう。実際はほとんど俊郎がやっているのだが、がんばっているときは案外わからないものだ。

「はンっ……はむううっ」

瑠璃の顔がまっ赤に染まる。

下唇を嚙みしめた表情と乱れた息づかいが妙に色っぽい。俊郎は両手をバーに添えたまま、瑠璃の顔に見惚れていた。

「ううっ、も、もう無理……」

呻きまじりの声が聞こえてはっと我に返る。俊郎は慌ててバーを持ちあげて、ラックに戻した。

「こ、こんなに重いなんて……」

「だから言っただろ」

「わかってるなら、早く助けなさいよ」

瑠璃はむっとして俊郎をにらみつける。

補助を頼んでおきながら、感謝の言葉はひとつもなかった。親の顔が見てみたいというのは、まさにこのことだ。

「そういえば、瑠璃ちゃんの親ってなにをやってるの？」

ずっと気になっていたことを口にする。

まだ二十三歳の瑠璃が、裏会員の高額な会費をどうやって払っているのか気になった。ＯＬをやっているらしいが、普通の給料では足りないはずだ。もしかしたら、家が裕福なのではないかと踏んでいた。

「タキガワ電機の社長よ」

瑠璃はさらりと答える。

それを聞いて、思わずたじろいだ。タキガワ電機といえば、誰もが知っている大型家電量販店だ。

（そういうことか……）

つまり瑠璃は社長令嬢ということになる。

出自がわかったことで、高飛車な言動も納得がいった。タキガワ電機の社長は、やり手の経営者として、たびたびテレビ番組にも出演している。一代で家電王国を築いた男として有名だ。

あの社長の娘なら、甘やかされて育ってもおかしくない。きっと小遣いをたっぷりもらっているから高額な会費を払えるのだろう。

（なんか、やりづらいな……）

とたんに尻込みしてしまう。

これまで接したことがないタイプなのも当然だ。俊郎の友人に社長の息子や娘はひとりもいなかった。

「嫌いでしょ」

瑠璃がぽつりとつぶやく。

ふと見やると、ベンチプレスの台にしょんぼり腰かけている。淋しげな表情を浮かべて、床の一点を見つめていた。

「どうせ、俊郎もわたしのことが嫌いなんでしょ」

相変わらずぶっきらぼうな口調だ。

ところが、あれほど強気な態度だったのに、一転して弱気な感じになっている。いったい、どうしたというのだろうか。吐き捨てるように「どうせ」と口走ったのも心にひっかかった。

（そういえば……）

ふと思い出す。

美月が「すごく繊細」だと言っていた。

一見、繊細とはほど遠い印象を受けるが、これまでの瑠璃の言動を振り返ると、なんとなくわかる気がした。

おそらく、嫌われることが多かったのではないか。友人たちの前でも好き放題に振る舞って、みんな離れていったのかもしれない。強気な態度を取るのは、きっと自分を守るためだ。

だが、瑠璃の求めているものがわからない。少なくとも、社長令嬢だからといって特別扱いするのは違う気がした。

「生意気だとは思ったけど、嫌いじゃないよ」

俊郎は彼女の隣に腰かけると、きっぱり言いきった。

その瞬間、瑠璃の肩がピクッと震えた。そして、うつむかせていた顔を恐るおそるといった感じであげる。

捨てられた子犬のように弱気な瞳になっていた。しかし、視線が重なると我に返ったのか、慌てて顔をぷいっとそむける。そのとき、頬がほんのりピンク色に染まっているのを見逃さなかった。

「なに真剣に答えてるのよ。冗談に決まってるじゃない」

口調が勝ち気な感じに戻っている。

でも今は、懸命に強がっているようにしか見えない。それでも、よけいなことは言わず、瑠璃に合わせることにした。

「なんだ冗談か。びっくりさせないでくれよ」

「ちょっとからかっただけでしょ」

瑠璃の声が少し震えて聞こえたのは、はたして気のせいだろうか。

まさか泣くわけはないと思うが、俊郎は念のため彼女に背中を向けた。瑠璃の性格からして、きっと涙は見られたくないだろう。

「ところで、どうしてマッチングを了承してくれたの？」

素朴な疑問だった。

社長令嬢の瑠璃と平凡な自分とでは、まったく共通点がない。なぜマッチングを受け入れてくれたのかわからなかった。

「やさしそうだったから」

瑠璃が小声でつぶやいた。

「えっ？」

一瞬、聞き間違えたかと思って振り返る。すると、瑠璃は顔をまっ赤に染めて、頬を大きくふくらませた。

「もうっ、何度も言わせないでよ」

口調は乱暴だが、照れ隠しだとわかった。

どうやら、聞き間違いではなかったらしい。まさか瑠璃の口から、そんな言葉が出るとは意外だった。

「それに……俊郎なら怒らないと思ったの」

「怒るって、どういうこと？」

「なんでもない……」

瑠璃は口をつぐんで、それ以上は語ろうとしない。

「なんのことかよくわからないけど、俺が瑠璃ちゃんを選んだんだから、怒るわけないだろ」

「じゃあ、今からわたしが言うことを聞いても、怒らないって約束して」

めちゃくちゃなことを言っているが、瑠璃の顔は真剣そのものだ。なにか理由があるに違いない。

「わかった。絶対に怒らない」

勢いのまま約束する。

瑠璃の懇願するような瞳を見たら、拒否することはできなかった。なにを言うのか想像もつかないが、とにかく怒ってはならない。俊郎は内心身構えると、彼女の次の言葉を待った。

「――を使ってほしいの」

瑠璃の声は消え入りそうなほど小さくなる。

視線をそらして、なにやらモジモジしはじめた。やがて頭から湯気が出そうなほど顔がまっ赤に染まった。

「なにを使ってほしいって？」

首をかしげて聞き返す。なぜか急に声が小さくなったので、肝腎なところが聞き取れなかった。

「だから……わかってよ」

瑠璃は駄々をこねる子供のように地団駄《じたんだ》を踏んだ。

どうにも要領を得ない。赤面しているのだから、恥ずかしいことなのは違いないだろう。だが、必死に考えても、なにも浮かばなかった。

「ごめん。全然わからない」

「鈍感……オモチャよ」

瑠璃はそう言うと、両手で顔を覆い隠した。

「はい？」

またしても首をかしげる。

一瞬、オモチャと聞こえたが、まさか大人のオモチャのことだろうか。いや、瑠璃がそんなことを言うとは思えない。何度も聞き返すのは悪いと思うが、どうしてもわからなかった。

するとと瑠璃は足もとに置いてある自分のバッグを持ちあげて、俊郎の胸にグイッと押しつけた。

「このなかを見ろってこと？」

とまどいながらもファスナーを開いて、バッグのなかをのぞきこむ。その直後、俊郎は絶句した。

バッグのなかには、ピンク色のプラスティック製でうずらの卵大の物体が入っていた。俗にピンクローターと呼ばれているものだ。実物を見るのははじめてだが、すぐにわかった。しかもリモコンもいっしょに入っていた。

ほかにも黒いシリコン製でペニスの形を摸した物体もある。これもはじめて見るが、バイブに間違いなかった。

(本当に大人のオモチャだったんだ……)

ようやく、瑠璃が赤面していた理由を理解した。

意外だったが、これを使いたいという欲望があったらしい。俊郎が怒るのではないかと気にしていたが、以前、誰かに怒られたことがあるのだろうか。勝ち気な令嬢の秘密を知り、怒るどころか興味が湧いていた。

「わかったよ。使ってみようか」

できるだけやさしく声をかける。

すると、瑠璃は両手で顔を覆ったまま、指の隙間からこちらをチラリと見た。本当に俊郎が怒っていないか、様子をうかがっているようだ。

「いいの？」

瑠璃が小声で尋ねる。

「うん。俺も使ってみたかったんだ」

俊郎は大きくうなずいた。

調子よく話を合わせたわけではない。いつかは使ってみたいと思っていたが、機会がなかっただけだ。突然のことで驚いたのは事実だが、この際なのでオモチャを試したかった。

「よかった」

ほっとしたのか瑠璃は顔から手を離した。

「このことを言うと、みんな怒り出すの。そんな人だと思わなかったって」

マッチングが成立したにもかかわらず、実際に会ってから拒否されたことが何度もあるらしい。

そういえば、美月がマッチングの成功率が低いと言っていた。その原因はこういうことだったのだ。

確かに写真から想像するイメージとは百八十度違う。誰もが清楚な女性に会えると思っているのだから、瑠璃の勝ち気なところや淫らな欲望を知って、引いてしまうのだろう。

だからといって、俊郎が拒否することはない。それどころか、早くオモチャを使って瑠璃を感じさせたかった。

4

「どれから使おうか」

ピンクローターを手に取り、リモコンのダイヤルをまわしてみる。するとブブブッと低い音がして震え出した。

「はぁっ……」

ふいに瑠璃が色っぽいため息を漏らす。

振動するピンクローターを見ただけで興奮したらしい。瞳がしっとり潤んで、唇が半開きになっていた。

「これにしよう」

俊郎はリモコンをオフにして告げる。

まさか、こんな展開になるとは思いもしない。ピンクローターで悶える瑠璃の姿を想像しただけで、興奮を抑えられなくなる。

「俺が挿《い》れてあげるよ」

「ちょ、ちょっと待って、自分でやるから」

瑠璃は慌てて立ちあがり、あとずさりする。

だが、ピンクローターを挿れることは拒絶しない。恥ずかしがっているが、挿れたいと思っているのだ。

（そういうことなら……）

俊郎はピンクローターを手にして瑠璃に歩み寄る。

「じ、自分でやるって言ってるでしょ」

「遠慮するなって」

「そ、そういうことじゃなくて……」

瑠璃はそう言いつつ、呼吸が荒くなっている。タンクトップに包まれた乳房が、上下に揺れていた。

じりじりあとずさりするが、背中が壁にぶつかった。もう、これ以上逃げることはできない。首を左右にゆるゆると振るが、瞳は期待に濡れている。半開きになった唇が微かに震えていた。

瑠璃が怯えているのが、手に取るようにわかる。だから、俊郎はどんどん強気になっていた。

「これ、おろすよ」

目の前でしゃがむと、瑠璃の白いスパッツに指をかける。

ゆっくり引きさげていくが、瑠璃は顔をそむけるだけで抵抗しない。左右の手のひらを壁につけて、ただじっとしていた。

やがて、スパッツの下から純白のパンティが現れる。飾り気のないスポーツ用ではなく、レースがあしらわれた女性的なデザインだ。しかも、布地の面積が少なくてサイドが紐になっているタイプだった。

「へえ、運動するときも、こういうのを穿くんだね」

俊郎が声をかけても、瑠璃は黙っている。

パンティを見られたのが恥ずかしいのだろう。下唇をキュッと嚙みしめて、内股をぴったり閉じていた。

「うしろはどうなってるの?」

ふとパンティのうしろが気になった。瑠璃は尻を壁にぴったりつけていたが、強引にのぞきこんだ。

「あっ……」

思わず声が漏れる。

布地が尻の谷間に食いこんでおり、白くてシミひとつない尻たぶがほとんど露出していた。スポーティなスパッツの下に、こんなにもセクシーなTバックを穿いていたのだ。

「ラ、ラインが出ちゃうから……」

瑠璃は再び尻を壁につけると、言いわけのようにつぶやいた。

恥ずかしさのあまり、黙っていられなくなったらしい。俊郎が指摘する前に口を開いた。

「すごく似合ってるよ。でも、おろしちゃうけどね」

パンティのウエスト部分に指をかけると、少しずつおろしていく。やはり瑠璃は顔をそむけるだけで抵抗しなかった。

恥丘が徐々に見えてくる。やがてさがっていくパンティの縁から、陰毛がフワッと溢れ出た。

さらにパンティをおろせば、すべてが明らかになる。どうやら、陰毛が生まれつき薄いらしい。杏奈も薄かったが、それ以上だ。申しわけ程度にしか生えていない陰毛ごしに、恥丘の白い地肌だけではなく縦に走る溝まで透けていた。

（こ、これは……）

俊郎は思わず腹のなかで唸った。

むしゃぶりつきたくなるが、ぐっとこらえる。まずはピンクローターを挿入しなければならなかった。

逸《はや》る気持ちを抑えて、女体をうしろ向きにする。両手を壁についた前屈みで、尻を後方に突き出した格好だ。こうすることで、令嬢の秘めたる部分がすべて剝き出しになった。

「ああっ、恥ずかしい……」

さすがに黙っていられず、瑠璃が羞恥を訴える。だが、俊郎の目は女陰に釘づけになっていた。

（なんてきれいなんだ……）

それ以外に言葉が見つからない。

愛らしい尻穴の下に、ミルキーピンクの陰唇がある。形崩れがいっさいなく、淫らなのに清楚なたたずまいだ。二枚の花弁の合わせ目から、透明な汁がじんわり染み出していた。

「濡れてるね」

「ウ、ウソよ……」

「本当だよ」

ピンクローターを陰唇にそっと押し当てる。とたんに、クチュッという湿った音がした。

「ほら、聞こえただろ？」

問いかけるが瑠璃は答えない。その代わり、壁に頬を押し当てて、突き出した尻を小刻みに震わせた。

「挿れるよ」

指先にほんの少し力をこめると、ピンクローターが陰唇の狭間に沈みはじめる。愛蜜で濡れているので、あとは自然にヌルリッと膣に収まった。

「はンンっ」

瑠璃の唇から微かな声が漏れる。

だが、いやがっている感じはしない。俊郎はパンティを引きあげると、Tバックを臀裂にしっかり食いこませた。

これでピンクローターが勝手に抜けることはないはずだ。コードでつながっている受信機を、パンティのウエスト部分に挟みこむ。さらにスパッツも引きあげて、もとの姿に戻した。

「できたよ。ローターを挿れた気分はどう？」

はじめての経験で気分が高揚している。俊郎は鼻息を荒らげながら、瑠璃をじっと見つめた。

「き、聞かないで……」

すっかり雰囲気が変わっている。

高飛車だったのが嘘のように弱々しい表情だ。内股になって腰をくねらせる姿が牡の欲情を煽《あお》り立てる。もっと恥ずかしい思いをさせたい。そんな気分になってくるから不思議だった。

「スイッチ、入れるよ」

さっそくリモコンのダイヤルをまわしてオンにする。

「ああっ！」

瑠璃は大きな声を漏らして、身体をビクッと震わせた。

全身の筋肉に力が入り、顎が跳ねあがった。身体をコントロールできないのか、硬直したまま動かなくなった。ブブブッという微かな音だけが響いており、瑠璃は言葉を発することもできない。

「すごい反応だね」

リモコンをオフにすると、瑠璃の身体から力が抜ける。立っていられなくなり、その場にヘナヘナと座りこんだ。

「つ、強すぎるよ」

「そうなんだ。じゃあ、これは？」

もう一度、リモコンのダイヤルをまわしてみる。今度はいちばん弱い振動にセットした。

「ダ、ダメ……はンンっ」

瑠璃は床にペタンと座ったまま、肩を小刻みに震わせる。だが、今度はしゃべる余裕があるようだ。

「ね、ねえ、待って……ああっ」

「せっかくだから場所を変えようか」

いいことを思いついた。

せっかくリモコン式のピンクローターを膣に挿れたのだから、人がいるところに行ったほうがおもしろいだろう。リモコンをオフにすると、瑠璃の手を引いて立ちあがらせる。

「ど、どこに行くの？」

「いいから、ついてきて」

俊郎は瑠璃をうながして、フリーウエイトエリアをあとにした。

5

「人が多すぎるよ……」

瑠璃が弱気な声を漏らす。

内股になっており、頬がピンク色に染まっていた。抗議するような瞳を俊郎に向けるが、昂っているのは明らかだ。

今、ふたりは有酸素エリアの入口に立っている。

大勢の人たちがトレーニングをしており、熱気が満ち溢れていた。それを見て、瑠璃は怯えた顔になっている。その一方で興奮もしているのだろう。ピンクローターを動かしていないのに、腰をくねらせていた。

「人が多いほうが興奮するだろ」

「ううっ……いじわる」

瑠璃が瞳を潤ませてつぶやく。そして、腰を悩ましくクネクネと振った。

「ランニングマシンをやろうか」

うながして奥に進むと、並んでランニングマシンに乗る。

端からは普通にトレーニングをしているようにしか見えないだろう。だが、瑠璃は膣にピンクローターを挿れており、俊郎は右手にリモコンを握っている。なかなか刺激的な状況だ。

「こんなのって……」

瑠璃が渋々スローペースで走りはじめる。それだけで膣内が擦れるのか、早くも息が乱れはじめた。

「ハァ……つづけられないよ」

「ゆっくりでいいよ。転んだら危ないからね」

俊郎も隣のマシンで走りながら、やさしい言葉をかける。そして、リモコンのダイヤルをそっとまわした。

「ンンっ……」

とたんに瑠璃の顔がこわばった。

内股になり、足の動きがぎこちない。マシンのスピードについていくのがやっとという感じだ。

「と、俊郎……はンンっ」

濡れた瞳で訴える。口を開くと喘ぎ声が漏れてしまうのか、下唇をキュッと嚙みしめた。

「やめたらダメだよ。ある程度やらないと脂肪燃焼効果が得られないからね。そうだな、二十分くらいはつづけようか」

「そ、そんな……あンンっ」

瑠璃の表情がどんどん色っぽくなっていく。

二十分と聞いて絶望すると同時に興奮している。その証拠に、逃げ出すことなく俊郎の命令に従っていた。

中年の男がやってきて、瑠璃の隣で走りはじめる。

だが、走りに集中していない。瑠璃のことを横目でチラチラ眺めている。若くてきれいな女性がいたので、わざわざ隣に来たのだろう。フィットネスクラブには、必ずこの手の下劣な男がいる。トレーニングしているフリをしながら、女性を視姦しているのだ。

瑠璃も視線に気づいて、中年男をにらみつける。だが、なにしろピンクローターが膣に入っているので、ふだんどおりの迫力がなかった。

(おもしろいことになってきたぞ)

俊郎はリモコンのダイヤルをまわして、振動を少し強くした。

「ああっ……」

瑠璃の唇から甘い声が溢れ出す。

すぐに下唇を嚙みしめてこらえるが、最初の声は中年男の耳に届いたらしい。驚いた顔を瑠璃に向けた。

だが、瑠璃がにらみ返すと、すぐに視線を正面に戻す。しかし、中年男の意識は瑠璃だけに向いている。にらまれても怯むことなく。好色そうな目で瑠璃をチラチラ見るのだ。

まるで助けを求めるように、瑠璃が俊郎を見つめる。

眉が八の字に歪んで、もう限界といった感じだ。だが、そんな顔をされると、ますますいじめたくなる。

（よし、もう少しだけ……）

俊郎はさらにリモコンのダイヤルをまわした。

「あンンっ」

瑠璃の唇からまたしても声が漏れる。

それだけではなく、ピンクローターのブブブッという低い振動音まで微かに聞こえた。振動が強くなったことで、音も大きくなったのだろう。

中年男が不思議そうに首をかしげる。

ピンクローターの振動音に気づいたのだ。走りながら周囲を見まわして、最終的に瑠璃の顔を見つめた。

だが、瑠璃にはもはや中年男をにらむ余裕も気力も残っていない。声をこらえて走るのに精いっぱいだ。

「あンっ……ンンっ」

極端な内股になって懸命に足を動かす。

しかし、それも長くはつづかない。ついにはランニングマシンのスイッチを切り、停止したベルトの上に座りこんだ。

「おいおい、大丈夫かい？」

ここぞとばかりに中年男が歩み寄って話しかける。

心配しているフリをして肩に触れると、瑠璃の身体が感電したようにビクビクッと艶めかしく震えた。

「あンンンッ」

「うわっ……ど、どうしたの？」

中年男が目をまるくする。驚いているが、肩に触れた手は離さない。

「さ、触らないで」

瑠璃が喘ぐような声で抗議する。

もしかしたら、軽い絶頂に達したのではないか。本気でそう思うほど、敏感で激しい反応だった。

（そろそろだな……）

俊郎は頃合と見て、リモコンをオフにする。ランニングマシンからおりると、瑠璃の隣にしゃがみこんだ。

「瑠璃ちゃん、大丈夫？」

「と、俊郎……」

瑠璃は中年男の手を振り払って、俊郎の胸に寄りかかった。

「なんだよ。男がいたのか」

中年男は不機嫌そうに言い放つ。そして、ふたりをにらみつけると、その場から立ち去った。

「ひどいよ……」

瑠璃が恨めしそうにつぶやく。それでいながら、俊郎に寄りかかったまま離れようとしなかった。

「次はどうしようか？」

耳もとに口を寄せて尋ねる。すると、瑠璃は濡れた瞳で見あげて、甘ったるい吐息を漏らした。

6

俊郎と瑠璃はホテルの一室にいる。

ピンクローターでたっぷり責めたあと、瑠璃がホテルに行きたいと言い出した。俊郎も我慢できないほど昂っていた。ふたりはシャワーも浴びずに着がえると、タクシーでホテルに移動した。

俊郎は濃紺のスーツ、瑠璃は純白のワンピースという服装だ。

ここは都内でも有数の高級ホテルで、瑠璃の行きつけだという。そのため、すぐにチェックインできて、高層階のダブルルームに通された。

東京の街が一望できる素晴らしい部屋だ。

こうして窓から夜景を眺めていると、すべてが夢だった気がしてくる。

しかし、振り返れば、確かに瑠璃がそこにいた。ベッドに腰かけて、赤い顔をうつむかせている。じつはピンクローターが膣に入ったままなのだ。リモコンで低振動にセットして、ホテルまでやってきた。つまり瑠璃はフィットネスクラブを出る前から膣を刺激されつづけているのだ。

「瑠璃ちゃん、夜景がきれいだよ」

声をかけるが、瑠璃はうつむいたまま首を左右に振った。

「と、取って……はンンっ」

取るなと命じたわけではない。それなのに瑠璃は自分でピンクローターを抜こうとしなかった。

責められるのが好きで仕方ないのだろう。高飛車で勝ち気に振る舞っているが、ひと皮剝けばいじめられて悦《よろこ》ぶマゾだ。先ほどのランニングマシンで、そのことがよくわかった。

遠慮する必要はない。瑠璃は自分の意思でホテルに来たのだから、もっと責めてほしいのだろう。

「取ってあげるから、こっちにおいで」

もう一度、声をかける。

すると、瑠璃はフラフラしながら立ちあがり、ゆっくり歩いてきた。ピンクローターの刺激に酔っているのか、目がトロンと潤んでいた。

「ワンピースを脱ぐんだ」

俊郎が命じると、瑠璃は恥ずかしそうにしながらワンピースをまくりあげる。あっさり頭から抜き取り、白いレースのブラジャーとパンティ、それにハイヒールだけになった。

「は、早く……」

「窓に手をついて」

そのひと言で、なにをするべきか悟ったらしい。

瑠璃は腰を九十度に折って前屈みになると、両手を窓につく。そして、尻をうしろにグッと突き出した。

ハイヒールを履いているため、尻の位置が高くて脚の長さが強調される。しかもパンティはレースのTバックで、白い尻たぶが剝き出しになっていた。プロポーションがいいからこそ似合う、じつに悩ましいポーズだ。

俊郎は彼女の背後でしゃがむと、パンティをゆっくり剝きおろす。そのとき、股間とパンティの船底の間に、透明な汁がツツーッと糸を引いた。

「すごいね。グショグショだよ」

まる見えになった女陰は、大量の蜜にまみれて濡れ光っている。割れ目は完全に閉じているが、ピンクのコードが伸びているのが卑猥だ。

「やだ、見ないで……」

瑠璃が腰をくねらせて訴える。

だが、尻を突き出した姿勢は崩さない。それどころか、まるで見せつけるように腰を反らしていた。

「見ないと、ローターを抜けないだろう」

俊郎はそう言いながらコードをつかむと、ゆっくり引っぱる。

「あっ……あっ……」

瑠璃の唇から切れぎれの声が漏れて、尻の穴がヒクヒクと蠢く。膣壁を擦られる刺激で感じているのは明らかだ。

やがて陰唇が内側から盛りあがり、割れ目がだんだん開きはじめた。そして、ついにはピンクローターの本体が見えてくる。さらに引っぱれば、まるで卵を産み落とすようにヌプッと抜け落ちた。

「ああンっ」

瑠璃の唇から悩ましい声が漏れる。それと同時に膣口から透明な汁が溢れて、床の絨毯《じゅうたん》に滴り落ちた。

(す、すごい……)

今すぐ挿入したくなる。

だが、せっかくなのでバイブも試してみたい。瑠璃のバッグからシリコン製の黒いバイブを取り出すと、先端を膣口にあてがう。軽く触れただけなのに、女体がビクッと反応した。

「な、なに？」

「バイブだよ。もう何回も挿れたことがあるんだろう？」

私物なのだから、当然使ったことがあると踏んでいた。ところが、瑠璃は怯えた表情を浮かべて首を左右に振った。

「それは使ってないの。だから……」

「じゃあ、これがはじめてだ」

途中でやめるはずがない。シリコンの亀頭を膣口に埋めこむと、そのままズブズブと押し進めた。

「あああッ、は、入っちゃうっ」

「バイブ処女は俺がもらうよ。そらっ」

「ああッ、あああッ、ダ、ダメぇっ」

瑠璃が窓ガラスに爪を立てて、艶めかしい喘ぎ声を振りまく。

その姿に昂り、バイブのスイッチをオンにした。ブウンッと低い音がして、バイブがうねりはじめる。胴体部分が激しく振動しながら、亀頭がウネウネと首を振るのだ。バイブが動きはじめたことで、膣口から新たな華蜜が溢れ出した。

「あああッ、ダ、ダメっ、ああああああッ」

「こんなオモチャが気持ちいいの？」

握りしめたバイブをゆったり出し入れすると、瑠璃の反応が顕著になる。

膣内をかきまわす動きは、本物のペニスでは不可能だ。そもそもタクシーのなかでもピンクローターでずっと刺激されて、長時間の愛撫を受けていたような状態だ。そこにバイブを突き刺されたのだから耐えられるはずもない。

「はあああッ、も、もうっ」

瑠璃の喘ぎ声が切羽つまる。

バイブと膣口の隙間から愛蜜が大量に溢れて、尻穴もヒクヒクしている。早くも尻たぶに痙攣が走り、今にも昇りつめそうだ。

「イキそうなんだね」

俊郎が声をかけると、瑠璃は何度もうなずいた。

「い、いいっ、いいのっ、あああぁッ」

窓ガラスが鏡のようになって、瑠璃の顔が映っている。蕩《とろ》けきった表情で、歓喜の涙が頬を濡らしていく。半開きになった唇の端から喘ぎ声が溢れて、透明な涎《よだれ》が垂れていた。

「イッていいよ。ほら、イキなよっ」

バイブを奥まで突きこむと、瑠璃の背中がビクンッと反り返った。

「はあああぁッ、も、もうダメっ、あああぁッ、はああああああああぁッ!」

あられもないよがり泣きがほとばしる。

ついにアクメの大波に呑みこまれたらしい。尻を突き出したままの姿勢で、瑠璃の瑞々《みずみず》しい女体が激しく震え出す。膣口が猛烈に収縮して、バイブがミシミシ軋むほど食いしめた。

(よし、瑠璃ちゃんをイカせたぞっ)

腹の底から達成感がこみあげる。

バイブを使ったとはいえ、瑠璃を明確に絶頂させた。震える女体を目の当たりにして、胸の高鳴りを抑えられなかった。

バイブのスイッチを切ると、慎重に引き抜いていく。黒光りする竿につづいて亀頭がズルリッと抜け落ちた。

「はあぁっ……」

瑠璃が小さな声を漏らす。

その直後、力つきたのか、その場にくずおれそうになる。俊郎はとっさに立ちあがり、スレンダーな身体を抱きしめた。

「大丈夫？」

「う、うん……」

瑠璃の声はかすれている。

あれほど喘いだのだから当然だ。心配になって顔をのぞきこむと、瑠璃は強がることなく、はにかんだ笑みを浮かべた。

「ち、力が入らなかっただけ……あんなの、はじめてだったから……」

「バイブ、そんなにすごかったんだ」

「うん……すごかった」

瑠璃が潤んだ瞳でこっくりうなずく。

絶頂直後の表情が色っぽくて、牡の欲望が爆発的にふくれあがる。瑠璃を責めるばかりで、まだ一度も射精していないのだ。ペニスがこれ以上ないほどガチガチに勃起していた。

7

「こんどは俺が楽しませてもらうよ」

女体を横抱きにすると、そのままベッドに運んでいく。

「ちょ、ちょっと、おろして」

「なんで？」

「こ、こんなの恥ずかしいよ」

瑠璃は顔をまっ赤に染めて照れている。

高飛車だったときとのギャップが激しい。照れると愛らしくて、二十三歳という年齢よりも若く見えた。

「ふたりきりなんだから、恥ずかしがることないだろ」

「ふたりでも恥ずかしいよ」

瑠璃は俊郎の胸板に顔を埋める。

照れている顔が見えなくなってしまうが、あとでじっくり拝めばいい。とにかくベッドに運んで横たえた。

ハイヒールを脱がして、膝にからんでいたパンティも取り去る。さらにブラジャーをはずせば、瑠璃は生まれたままの姿になった。

「ああっ……」

羞恥の声を漏らすが、身体を隠そうとはしない。両手を身体の両脇に置いて、すべてをさらしてくれた。

（これが、瑠璃ちゃんの……）

ようやく乳房を見ることができて気分が盛りあがる。

大きすぎず小さすぎず、片手にちょうど収まりそうなサイズだ。乳首は鮮やかなピンク色で、すでに硬くとがり勃《た》っていた。

腰はなめらかな曲線を描いてくびれており、瑞々しい尻へとつづいている。うっすらとした陰毛も男心をくすぐる。内股をぴったり閉じているが、股間の奥にはミルキーピンクの陰唇が息づいていることを知っていた。

（もう我慢できない……）

俊郎は急いでスーツを脱ぎ捨てて裸になる。そのとき、思いつきでネクタイを握りしめてベッドにあがった。

「なにするの？」

「いいから、手を貸して」

瑠璃の左右の手首を重ねて、ネクタイをすばやく巻きつける。

しっかり縛ることで両手の自由を奪った。瑠璃は慌てて力をこめるが、もはや自力でほどくことは不可能だ。

「ちょっと、なにこれ……ほどいてよ」

「こういうのも好きなんじゃないかと思って」

ここまでのプレイで、なんとなく瑠璃の性癖がわかっていた。責められることで感じるなら、拘束《こうそく》されるともっと興奮するのではないか。そう思って、勢いのまま縛りつけたのだ。

「そ、そんなはずないでしょ」

瑠璃は懸命に強がるが、瞳はねっとり潤んでいる。縛られたことで昂っているに違いなかった。

「ねえ、早くほどいて」

「終わったらほどいてあげるよ」

俊郎もかつてない高揚感を覚えている。

女性を縛ることで、こんなに興奮するとは知らなかった。ゾクゾクするような背徳感がこみあげて、ペニスがさらに反り返る。欲望にまかせて瑠璃に覆いかぶさり、いきなり唇を奪った。

「ま、待って——はンンっ」

瑠璃は困惑の声を漏らすが、キスを受け入れる。自ら唇を半開きにして、俊郎の舌を口内に招き入れた。

「瑠璃ちゃん、うむむっ」

舌を深く入れると、貪《むさぼ》るように口腔粘膜を舐めまわす。

瑠璃のメープルシロップのように甘い唾液をすすりあげては、次から次へと嚥下《えんげ》する。反対に唾液を流しこめば、瑠璃は躊躇することなく喉をコクコク鳴らして飲みくだした。

(瑠璃ちゃんが飲んでくれた……)

その事実がさらに興奮を駆り立てる。

互いに舌をからませて吸い合うことで、一体感が高まっていく。まだ挿入していないのに、つながっているような錯覚に襲われた。

「俺、もう……」

唇を離してささやきかける。

「うん……いいよ」

瑠璃も昂っているのだろう。手首を縛られているのに小さくうなずいた。

下肢を割って腰を割りこませると、正常位の体勢になる。硬く勃起したペニスの先端を、つい先ほどまでバイブを咥えていた膣口に押し当てた。

「あっ……と、俊郎」

喘ぐように名前を呼ぶと、瑠璃は縛られた両手を伸ばして俊郎の後頭部にまわしこんだ。

「き、来て……」

求める声が引き金となり、腰をグッと押しつける。その直後、亀頭が泥濘《ぬかるみ》にズブズブと沈みはじめた。

「あああッ、と、俊郎がわたしのなかに……」

「る、瑠璃ちゃん……ううぅッ」

たまらず呻き声が溢れ出す。

若いせいか膣の締まりが強い。膣口がカリ首に食いこみ、我慢汁がブシュッと噴き出すのがわかった。

「あンっ、なかでビクッて……」

「瑠璃ちゃんのなか、すごく熱くて気持ちいいよ」

欲望はどこまでも加速していく。さらに腰を押しつけて、ペニスを根もとまで挿入した。

「はああンっ、お、大きいよ」

瑠璃が呼吸を乱してささやく。

縛られているのに興奮している。いや、縛られているから、より興奮しているのかもしれない。とにかく感じているのは間違いなかった。

「う、動いて……」

瑠璃が涙目になって懇願する。

息が顔にかかるほど距離が近い。見つめ合って吐息を吸いこむことで、さらに興奮が高まった。

「う、動くよ……ふんんっ」

女体を抱きしめて、さっそく腰を振りはじめる。まずはペニスと膣道をなじませるための、ゆったりした出し入れだ。

経験が少ないのか、それとも若いからなのか、蜜壺のなかは窮屈だ。そこを亀頭でこじ開けて、我慢汁を全体に塗り伸ばす。愛蜜のヌメリもあり、動きはどんどんスムーズになっていく。

「あッ……あッ……」

瑠璃が切れぎれの声を漏らす。膣のなかはほぐれてきたが、カリで摩擦されるのがつらいのか、眉をせつなげな八の字に歪めた。

「少し休もうか？」

ピストンを緩めて尋ねる。

ここで中断したら俊郎の欲望は宙ぶらりんになってしまう。しかし、痛みを感じているなら、無理をするべきではない。

「やめなくていい……だけど……」

「だけど？」

「俊郎の大きいから、すごく擦れるの……はああンっ」

瑠璃は甘ったるい声を漏らすと腰をよじる。

どうやら、膣のなかを擦られるのが気持ちいいらしい。両脚を俊郎の腰に巻きつけて、背後で足首をロックした。

「瑠璃ちゃん？」

困惑して声をかけるが、瑠璃は脚に力をこめる。

縛った両手を俊郎の首のうしろにまわしているので、しがみつくような格好だ。胸板が乳房に密着してプニュッと押しつぶす。瑠璃の勃起した乳首が、コリコリと転がる感触が心地いい。

「ね、ねえ、もっと動いて」

「大丈夫なの？」

「大きいけど、慣れてきたから……」

瑠璃は恥ずかしそうにつぶやく。そして、もう大丈夫とばかりに自ら股間をしゃくりあげて、ペニスを奥まで迎え入れた。

「ううう ッ、す、すごいっ」

「俊郎のほうがすごいよ。バイブより大きいなんて……はああンっ」

自分の言葉に興奮したのか、膣道がウネウネと蠕動《ぜんどう》する。

ペニスが締めつけられて、快感がどんどん大きくなっていく。膣のなかで我慢汁がどっと噴き出した。

「くううッ」

「ああンっ、と、俊郎っ」

愛蜜の分泌量も増えている。

バイブを挿れたときより、今のほうが感じているようだ。実際、膣の濡れかたは凄まじい。大量の華蜜が溢れてシーツまでぐっしょり濡れていた。

「瑠璃ちゃんのアソコ、お漏らししたみたいになってるよ」

「俊郎がいけないんだから……ああンっ」

指摘されたことで、ますます興奮したらしい。瑠璃は下になっているのに、器用に腰を動かしつづける。ペニスがヌプヌプ出し入れされて、懸命に抑えこんでいた射精欲が湧きあがった。

「くうッ、動くぞ」

こんなに濡れているのだから、もう遠慮する必要はない。俊郎は女体を抱きしめると、本格的なピストンを開始する。腰を力強く振り、本能のままにペニスを抜き挿しした。

「あああッ、い、いいっ」

瑠璃の反応はいっそう激しくなる。

オモチャで何度も絶頂に達したことで、身体が敏感になっているのだろう。ひと突きごとに喘ぎ声が大きくなっていく。

「これがいいんだなっ」

俊郎も昂り、つい口調が乱暴になる。

だが、とくに問題はないだろう。瑠璃が言葉責めにも反応することが、これまでのプレイでわかっていた。

「ほらほらっ、気持ちいいんだろ」

「はあッ、と、俊郎っ、いいのっ、もっと突いて」

瑠璃がしがみついたまま、耳もとで懇願する。

求められることで俊郎のテンションもさらにあがり、ペニスに受ける快感が大きくなった。

「おおおおッ、瑠璃ちゃんっ」

「もっと、あああッ、もっとぉっ」

「おおおおッ……くおおおおおッ」

ピストンを激しくすると、膣の締まりが強くなる。快感が快感を呼び、ふたりは同時に絶頂への急坂を駆けあがった。

「あああああッ、い、いいっ、またイッちゃうっ、はあああああああああッ！」

ついに瑠璃が絶頂を告げながら昇りつめる。

俊郎の首スジに吸いついて、なりふり構わず快楽に溺れていく。その直後、華蜜がプシャアアッと勢いよく噴き出した。ペニスを挿入したままの状態で潮《しお》を吹く、いわゆるハメ潮というやつだ。

「いやあっ、なんか出ちゃうっ、あああああああッ！」

「くおおおッ、だ、出すぞっ、ぬおおおおおおおおおッ！」

興奮が最高潮に達して、俊郎も絶頂の波に呑みこまれる。ペニスを根もとまで突きこんで、思いきり精液を噴きあげた。

膣のなかが激しく蠢き、無数の襞が亀頭と竿にからみつく。射精しているペニスを奥へと引きこまれて、快感がさらにアップした。太幹を四方八方からこねまわされることで射精の時間が長くなり、頭のなかがまっ白になった。

「あああッ、すごい、まだ出てるっ」

「き、気持ちいいっ、おおおッ」

かつてこれほど大量に射精したことはない。魂《たましい》まで放出したかと思うほどの凄まじい快楽だった。

すべてを出しつくして、瑠璃の隣にゴロリと横たわる。

絶頂の余韻が色濃く漂っており、今はなにも考えられない。結合を解いたというのに、まだ全身の細胞がビリビリと痺れていた。

第五章　秘密の絶頂パーティ

1

（最近、お呼びがかからないな……）

俊郎はそんなことをぼんやり考えながら、筋トレエリアのチェストプレスで汗を流していた。

チェストプレスの重量設定は、はじめてやったときと比べたらかなりアップしている。胸板が厚くなり、肩の筋肉も盛りあがってきた。筋トレの効果は必ずある。それがわかったことで、ますますトレーニングにのめりこんだ。

筋肉がついたおかげなのか、仕事もやる気が出ている。つまらないミスが減り、効率もあがっていた。

その一方で、ここのところマッチングの話が来ないことが気になっている。

最後にマッチングしたのは二週間ほど前だ。俊郎のほうからリクエストして、瑠璃とセックスした。高飛車な令嬢がマゾの本性を露にして乱れたのだ。あの一連のプレイでさらに自信をつけていた。

だからこそ、次のマッチングが待ち遠しい。

しかし、美月から声がかからない。二日に一度はトレーニングをしているが、美月を見かけても挨拶するだけだ。

(なんか、まずいことでもしたのかな……)

だんだん不安になってくる。もしかしたら、瑠璃を責めすぎたのがいけなかったのかもしれない。

(縛ったのは、やりすぎだったか?)

心当たりはそれくらいしかない。

あのときは感じてくれたが、あとになって怒りがこみあげたのではないか。瑠璃から美月にクレームが入ったとしてもおかしくない。

(俺は干されたのか……いやいや、その前に直接、注意されるはずだ)

最悪の事態を考えるが、すぐに思い直す。

俊郎は裏会員の会費を免除されており、本会員の会費も半額だ。会費を満額払うことになるなら、きっと事前に連絡があるだろう。

チェストプレスを終えて、噴き出した汗をタオルで拭う。そして、次のマシンに向かおうとしたとき、入口に立っている美月を発見した。

(もしかして……)

期待がふくれあがるが、それは一瞬のことだった。すぐに勘違いだと気づいて、思わず大きなため息が漏れる。

美月は茶封筒を持っていなかった。

マッチングがあるなら、相手のプロフィールと写真を必ず確認する。だが、なにも持っていないのだから、今日もマッチングはないということだ。

インストラクターの仕事で、たまたま筋トレエリアに来ただけだろう。それなのに勝手に勘違いして、がっかりしている。そんな自分が滑稽で、思わず自嘲的な苦笑を漏らしていた。

ところが、美月はこちらを意味ありげに見つめている。気のせいかと思ったが、確かに視線が重なった。

(えっ、俺ですか?)

見つめたまま、心のなかで尋ねる。すると、俊郎の言いたいことがわかったのか美月は小さくうなずいた。

美月が筋トレエリアから出ていく。俊郎はさりげなさを装って、すぐにあとを追いかけた。廊下に出ると、美月は前方を歩いている。おそらく、行き先はマッサージルームだろう。

（なんの話があるんだ？）

いやな予感がこみあげる。

やはり瑠璃からクレームがあって、裏会員からはずされるのではないか。そんなことになったら、セックスも筋トレもできなくなってしまう。

いや、筋トレはどこかの安いフィットネスクラブに入会すればできる。だが、裏会員のマッチングができなくなるのはつらすぎる。複数の女性と後腐れのないセックスを楽しめる機会など、この先の人生で二度とないだろう。

美月がマッサージルームに入っていく。

話をするのが怖いが、逃げ出したところで現実は変わらない。俊郎は覚悟を決めてマッサージルームに足を踏み入れた。

「し、失礼します」

腰を深々と折って挨拶する。だが、目を合わせるのが怖くて、そのまま頭をあげられなくなった。

「す、すみませんでした」

腰を折った姿勢で、美月の顔を見ずに謝罪する。とにかく、反省している姿を見せるべきだと思った。

「あの日は調子に乗って、やりすぎました」

自分の声だけがマッサージルームに響きわたる。

美月はなにも言ってくれない。息苦しいほどの沈黙が流れて、ますます気持ちが落ちこんでいく。

「なにを謝ってるの？」

思いのほか穏やかな声が聞こえた。

怒っている雰囲気はない。本当にわからないといった感じだ。俊郎もわけがわからなくなり、恐るおそる顔をあげた。

「どういうことですか？」

「こっちが聞きたいわ。なにか心当たりがあるから謝ったのよね」

視線が重なると、美月はニヤリと笑った。

「い、いや……」

ごまかそうとするが、今さら無理だとあきらめる。勝手に勘違いして、墓穴を掘ってしまった。

「前回のマッチングで、クレームが入ったのかと思いまして……」

声がだんだん小さくなっていく。

どんなプレイをしたのか聞かれたら説明するしかない。だが、ピンクローターやバイブでさんざん責めて、さらにそのあとネクタイで縛ってセックスした。そんなことを話すのは気まずかった。

「前回ということは瑠璃さんね。クレームなんてないわよ」

美月は詳しく聞く気はないようだ。

クレームもないと聞いて、とりあえず安堵する。しかし、そうするとここに呼ばれた理由がわからない。

「じゃあ、どうして……」

ほかに心当たりはない。俊郎は思わず首をかしげた。

「マッチングに決まってるでしょう」

美月は呆れた口調になっている。

当たり前だと言いたそうな顔をしているが、いったいどういうことだろうか。わからないことがたくさんあった。

「プロフィールと写真はないんですか？」

まっ先に浮かんだ疑問を口にする。

これまでマッチングの話があったとき、美月は必ず茶封筒を持っていた。だが、今日は持っていなかったので、てっきり違う話だと思ったのだ。

「同じ相手とのマッチングなら、プロフィールと写真は必要ないでしょう」

美月の口から驚きの言葉が紡がれる。

マッチングしたことのある相手と、二度目のマッチングが行われるらしい。そういう経験は今までなかった。

「どうして、同じ相手と？」

「リクエストがあったのよ」

普通はできるだけ違う相手とマッチングする。

だが、リクエストがあった場合は通常どおり相手に確認を取り、了承を得られればマッチングが成立するという。

「誰からですか？」

指名してもらえるのはうれしいが、誰なのかまったくわからない。とくに最初のころは経験不足だったので、女性を満足させた実感がなかった。

「瑠璃さんよ」

「えっ、そうだったんですか」

驚いたが、納得もできる気がした。

瑠璃はいじめられるのが好きなので、オモチャ責めやネクタイでの拘束が気に入ったのかもしれない。クレームどころか好評だったのだ。きっと、また責められたいと思っているのだろう。

「もちろん、ＯＫです」

俊郎は即座に了承した。

「もうひとり、杏奈さん」

「杏奈さんもですか？」

またしても驚きの声をあげる。

杏奈といえば、はじめてのマッチングの相手だ。右も左もわからず、終始リードしてもらった。しかも、人生で二度目のセックスだったので、なにもできなかった。それでも指名してくれたのはありがたいことだ。

「喜んで受けさせていただきます」

断るはずがない。悩むまでもなく了承した。

「それと彩香さん」

「はい？」

反射的に聞き返す。

冗談を言っているのかと思ったが、美月は真剣な顔で俊郎の返事を待っている。たまたま時期が重なって三人からリクエストがあったのだろうか。

「彩香さんも指名してくれたんですか？」

「ええ、そうよ」

「こちらからお願いしたいくらいです」

困惑しながらも了承する。

しかし、なにかおかしい気がする。三人からリクエストされたとしても、どうして同時に伝えるのだろうか。了承したその日に即プレイを行うのが、マッチングの基本だったはずだ。

「まさか、これから全員と順番にするわけじゃないですよね」

「違うわ」

美月が否定してくれてほっとする。

美女ばかりとはいえ、一日に三人を相手するのは大変だ。最近は筋トレで体力がついたが、精力までアップしたわけではなかった。

「順番じゃなくて、三人を同時に相手するの」

「ど、同時？」

思わず声が大きくなる。

いくらなんでもあり得ない。多少なりとも経験は積んだが、三人を相手に精力がつづくと思えなかった。

「どうして、そんなことに……」

「杏奈さんと彩香さんは知り合いだから、ふたりで話して盛りあがったらしいわ。それで3Pのリクエストがあったのよ」

美月の言葉で思い出す。

確かに彩香は杏奈と知り合いだと言っていた。杏奈の紹介で、俊郎とマッチングしたのだ。3Pとは驚きだが、あのふたりならそんな話をするかもしれない。

「でも、瑠璃ちゃんは？」

「同じ時期に、瑠璃さんからもリクエストがあったの。前回よりも、もっとハードにいじめてほしいそうよ。あなた、いったいなにをしたの？」

「い、いや、たいしたことは……た、頼まれたことをやっただけで……」

頬の筋肉がひきつり、額に玉の汗が浮かんだ。急に前回の話になり、しどろもどろになってしまう。

「詳しいことは聞かないけど、瑠璃さんは気に入ったみたいね。それで瑠璃さんの希望を考慮して、杏奈さんと彩香さんを加えた4Pをこちらから提案したの。瑠璃さんは了承してくれたわ」

「4Pって、そんなこと勝手に決められたら……」

とまどいを隠せず反論する。

なにしろ、一対一のセックスしか経験がないのだ。いきなり三人を相手にするのは無理があった。

「まだ決定ではないわ。あとは杉崎くんが了承するかどうかよ」

「そんなこと言われても……」

「そうそう、今回はずいぶん間が空いてしまってごめんなさい。４Ｐとなると全員のスケジュールを合わせるのがむずかしくて、時間がかかってしまったの」

美月の説明を聞いて納得する。

声がかからなかったので、いろいろ勘ぐってしまった。結局、俊郎の予想は完全にはずれていた。

「４Ｐなんて過去に例があるんですか？」

なんとか断る理由を探そうとして質問する。

三人の美女を相手にするのは、ハーレムのようで夢がある。しかし、彼女たちを満足させる自信がなかった。

「これまで何度も行われているわよ。３Ｐ以上のマッチングは、秘密パーティと呼ばれているの」

美月がさらりと語る。

過去に例がないのを理由に断るつもりだったが、とくにめずらしいことではないらしい。だからといって、軽々しく了承するわけにもいかなかった。

「でも、三人を満足させることなんて……」

「深く考えなくていいわ。秘密パーティと呼ばれているくらいだから、ただ楽しめばいいの。責任なんて感じなくていいのよ」

「本当にそれでいいんですか？」

「ええ、もちろん。女性陣も承知のうえよ」

それを聞いて、気持ちが少し楽になった。

(秘密パーティか……おもしろそうだな)

俄然興味が湧いてきた。

この機会を逃したら、いつ秘密パーティができるかわからない。せっかくなので経験してみたかった。

「やってみます」

俊郎が答えると、美月は力強くうなずいた。

「マッチング成立ね。すぐスタジオに向かって」

「はいっ」

気合いを入れて返事をする。

この際なので、秘密パーティをとことん楽しむつもりだ。最初は尻込みしていたが、すっかり乗り気になっていた。

2

スタジオの入口には、本日貸切の札が出ていた。

ここが秘密パーティの会場だ。俊郎は期待と緊張を胸に、ドアを開いてスタジオに足を踏み入れた。

（おおっ……）

思わず腹のなかで唸った。

天井からショッキングピンクの光が降り注いでいる。エアロビクスやダンスも行われるので、照明装置が整っているのだろう。

広いフロアの中央にヨガマットが敷きつめられている。そこに下着姿の三人の女性が横座りしていた。

杏奈のブラジャーとパンティは純白、彩香は黒、瑠璃は淡いピンクだ。それぞれよく似合っている。夢のような光景だ。粒ぞろいの美女たちが、セクシーな姿で俊郎が来ることを待っていたのだ。

「こ、こんにちは……」

緊張ぎみに挨拶すると、三人はほぼ同時にクスッと笑った。

「あらたまって、こんにちはって……」

杏奈が楽しそうにつぶやく。

「どうして緊張してるの？」

彩香も微笑を浮かべている。

「遅いよ。ずっと待ってたんだから」

瑠璃の口調は相変わらずだ。しかし、プレイに入れば一転して弱々しくなることを知っていた。

「遅くなって、すみません」

三人の顔を見まわしながら話しかける。

「でも、どうして、そんな格好してるんですか？」

ふと疑問が湧きあがった。

俊郎がマッチングを了承するかどうかわからないのに、下着姿で待っているのは不自然な気がした。

「俊郎くんは断らないと思ったの」

「やっぱり来たわね」

杏奈と彩香はそう言って見つめ合うと、またしても楽しげに笑った。

「いやいや、そんなのわからないじゃないですか。もし来なかったら、どうしたんですか？」

「絶対来ると思った。だって、俊郎の精力すごいから」

瑠璃が意外な言葉を口にする。

「俺の精力がすごい？」

思わず鸚鵡《おうむ》返しすると、三人は同時にうなずいた。

どうやら、彼女たちの認識は同じらしい。毎回、マッチングのときは女性より先に達しないように必死だった。しかし、三人はそう思っていなかったようだ。

「秘密パーティと聞いて、ワクワクしてたんでしょう」

「どれくらい成長したのか楽しみだわ」

杏奈と彩香が、からかうような目を向ける。

「また、たくさんいじめてね」

瑠璃はそう言うと、頰を桜色に染めあげた。

三人はやる気満々だ。期待されるとプレッシャーだが、楽しみでもある。ペニスがむくむくと成長して、股間が大きく盛りあがった。

「服、脱いでもいいですか」

ペニスが窮屈で仕方ない。早く解き放ちたくて、誰も答えていないのに服を脱ぎ捨てて裸になった。

「もう、こんなに……」

「やっぱり興奮してたのね」

「ああっ、大きい」

三人が目を見開いて声をあげた。

杏奈は口を手で押さえて、彩香は唇の端に笑みを浮かべる。瑠璃は瞳をねっとり潤ませた。

リアクションはそれぞれだが、全員の視線が俊郎の股間に向いている。雄々しく勃起したペニスを目の当たりにして、期待がふくらんだのではないか。彼女たちも自分でブラジャーをはずすと、パンティもおろして全裸になった。

杏奈はお椀を双つ伏せたような乳房で、乳首は淡い桜色だ。陰毛が薄くて恥丘の地肌が透けていた。

彩香の乳房は下膨れした釣鐘《つりがね》形で、杏奈に負けず劣らず大きい。乳首は濃い紅色をしており、陰毛が濃厚なのも特徴的だ。

瑠璃の乳房は三人のなかでいちばん小さい。とはいえ、造形は美しくて、鮮やかなピンクの乳首にも惹きつけられる。陰毛が極薄で縦溝がはっきり透けて見えるのも男心をくすぐった。

（こんなことが……すごいことになったぞ）

今度は俊郎が目を見開いた。

三人の美女が生まれたままの姿になったのだ。しかも、全員が俊郎に微笑みかけていた。

(だ、誰から相手にすれば……)

迷いながらも、とにかく歩み寄る。

夢のような状況だが、いざはじめるとなるとむずかしい。やはり女性たちにまんべんなく接するべきだろう。

「瑠璃さんから話があるそうよ」

俊郎が迷っていると、杏奈が口を開いた。

「ほら、今のうちよ」

彩香もやさしく瑠璃をうながす。

どうやら、俊郎が来る前に、三人で話をして距離が縮まっていたらしい。すでに仲よくなっているようだ。

「これをわたしに使ってほしいの」

瑠璃が遠慮がちに、なにかを差し出す。俊郎はよくわからないまま両手を出して受け取った。

「これは……」

前回も使った黒いバイブと、もうひとつは手錠だ。

「本物じゃないよね？」

「SMプレイ用のオモチャよ」

瑠璃の口からSMという単語が出てドキリとした。

オモチャとはいっても、金属製でずっしりしている。これで拘束すれば、まず逃れることは不可能だ。

美月の説明によると、瑠璃は前回よりもハードにいじめてほしいらしい。自らオモチャを用意しているのだから、これを使わない手はないだろう。

「手錠をかけるから、うしろを向いて」

自然と瑠璃を責める流れになる。俊郎が命じると、瑠璃は横座りをしたまま、うしろ向きになって両手を背後にまわした。

金属製の手錠を手首にかける。ガチャッとはまって簡単には取れないことを確認すると、ネクタイで縛ったときの興奮がよみがえった。

「もう逃げられないよ」

耳もとでささやくと、瑠璃は微かに肩をすくめた。

「あぁっ……」

「仰向けにするからね」

肩を抱いて、ヨガマットの上にそっと横たえる。

仰向けになると、手錠が背中に当たって痛いのだろう。瑠璃は微かに顔を歪めて小さく呻いた。

「これを挿《い》れる間だけだから」

バイブを見せて声をかける。

「う、うん……でも、みんなが見てるから……」

瑠璃はうなずくが、なにやら落ち着かない様子だ。杏奈と彩香の視線を気にして、頬を赤く染めあげる。同性に見られるのは恥ずかしいらしい。しかし、同時に昂っているのだろう。ぴったり閉じた内股をモジモジと擦り合わせた。

「脚を開かないと、コイツを挿れられないだろ」

俊郎は瑠璃の顔の真上でバイブを軽く振って見せつける。

こういう地味な行為が、じわじわと効いてくるはずだ。すると、瑠璃は自ら膝を立てて、左右にゆっくり開きはじめた。

「ああっ、見ないで……」

瑠璃の唇から恥じらいの声が漏れる。

三人に注目されて耐えられなくなったらしい。瞳を潤ませて訴えるが、露になったミルキーピンクの陰唇は愛蜜でぐっしょり濡れていた。

「見られて興奮してるのね」

「もうグショグショじゃない」

杏奈と彩香が口々につぶやく。

瑠璃の性癖を理解して、わざと聞こえるように言っているらしい。その結果、新たな愛蜜が次から次へと溢れ出した。

「早く挿れてほしいんだな」

俊郎も昂っている。

膝の間にしゃがみこんで、バイブの先端を陰唇に押し当てる。割れ目を上下になぞり、愛蜜を塗りつけると膣口にズブリと埋めこんだ。

「あうううッ」

瑠璃が甘い声を漏らして、身体をブルルッと震わせた。

すでに受け入れ態勢が整っている。愛蜜まみれの女壷は、いとも簡単にバイブを根もとまで呑みこんだ。

「ほら、全部入ったよ」

「そ、そんな、いきなり……」

「手錠が当たって痛いだろ。横を向きなよ」

手を貸して女体を横向きにする。

膝を閉じて胸に引き寄せる胎児のような格好だ。剝き出しの尻をのぞきこめば、陰唇の狭間から飛び出ているバイブの柄を確認できた。

「瑠璃さん、ひどい姿ね」

杏奈が見おろして楽しげに笑う。

「あんなに濡らして、恥ずかしくないのかしら」

彩香も蔑《さげす》みの言葉を投げかけた。

「みんなが見てる前で、バイブを動かしてやるよ」

わざと声をかけて羞恥心を煽ってからスイッチをオンにする。

途端にブウンッという低いモーター音が響いて、バイブが膣のなかで動きはじめる。亀頭がくねり、太幹が振動するのだ。いきなり強い刺激を受けて、女体がビクビクと反応した。

「ああッ……ダ、ダメぇっ」

瑠璃の唇から甘い声が溢れ出す。

背中をまるめて、手錠がかかった両手を強く握りしめる。バイブがもたらす快感を耐える姿は、見ている者たちの興奮を煽った。

「俊郎くん、そろそろわたしたちも……」

「もう我慢できないわ」

杏奈が熱い吐息を漏らせば、彩香も濡れた瞳を俊郎に向けた。

「俺もです」

ペニスはますます熱く滾《たぎ》っている。

瑠璃はしばらく放置しておけばいい。ただし、すぐにイカないようにバイブの振動を最小にセットする。こういう扱いも瑠璃の性癖を刺激するはずだ。俊郎は立ちあがると、杏奈と彩香の眼前にペニスを突きつけた。

「これが、欲しいですか」

「欲しいわ」

「わたしも……」

ふたりが同時に答える。

それを見て、俊郎は片頬に笑みを浮かべた。美月に秘密パーティだから楽しんでいいと言われている。

「フェラがうまいほうから挿れてあげます」

思いきって声をかけると、杏奈と彩香は顔を見合わせた。

「競争ね」

「負けないわよ」

ふたりは躊躇することなく、ペニスに顔を寄せる。

向かって右側が杏奈で、左側が彩香だ。それぞれ舌を伸ばして、勃起している肉棒を舐めはじめた。

「はンンっ、硬い……」

「本当、カチカチよ」

「ううッ……こ、これはいいっ」

俊郎は思わず唸った。

同時にふたりの女性にフェラチオされるのは、もちろんはじめての経験だ。二本の舌が這いまわることで、二倍以上の快感がひろがっている。左右から異なる刺激を送りこまれるのは、想像以上の心地よさだ。

「先っぽも舐めてあげる」

杏奈の舌が亀頭に向かう。

我慢汁が溢れ出した尿道口をチロチロとくすぐり、さらには敏感なカリ首にも舌を這わせる。器用にくすぐられて、快感がさらに大きくなった。

「くううッ」

思わず唸った直後、杏奈の唇が亀頭にかぶさる。ぱっくり咥えこまれて、ジュブブブッと猛烈に吸いあげられた。

「ううッ、す、すごいっ」

「気持ちいいでしょ……はむううッ」

「おおッ……おおおッ」

股間から脳天まで快感が突き抜ける。我慢汁を吸い出されるのがわかり、射精欲を猛烈に刺激された。

「あンっ、ずるいわ」

彩香が不服そうにつぶやき、俊郎の股の下に入りこむ。そして、陰嚢に舌を這わせて、皺の間に唾液を塗りこみはじめた。

「そ、そんなところまで……」

「いっぱい舐めてあげる……ンンンっ」

彩香は陰嚢を口に含むと、双つの睾丸をやさしく転がす。まるで飴玉のようにしゃぶられて、蕩けそうな感覚がひろがった。

「くううッ、い、いいっ」

快感を訴えずにはいられない。

亀頭と陰嚢を同時に舐められているのだ。未知の快感に全身がガクガク震えて、射精欲が急激にふくれあがる。

（こ、これ以上はまずい……）

このままだと暴発してしまう。

慌てて腰を引くと、ふたりの唇をペニスから引き離す。射精したい気持ちはあるが、やはりセックスもしたかった。

「してくれるの?」

「わたしからよね?」

杏奈と彩香が期待に満ちた瞳を向ける。

もちろん、セックスするつもりだ。しかし、まだどちらから先に挿れるか決めていなかった。

3

「ああンっ……」

そのとき、瑠璃の喘ぎ声が聞こえた。

背後で手錠をかけられて、横向きでまるまっている。膣にはバイブが深々と突き刺さっており、低いモーター音が響いていた。

「うしろから挿れてあげます。瑠璃ちゃんを挟んで、四つん這いになってください」

ふたりに向かって声をかける。

すると、よほど早く挿れてほしいのか、杏奈と彩香は文句も言わず、瑠璃の左右で這いつくばった。

右から杏奈、瑠璃、彩香の順番だ。

杏奈と彩香は尻を高くかかげて、バックからの挿入を待つ体勢になっている。瑠璃はバイブを咥えこんで横たわり、こらえきれない喘ぎ声を振りまいていた。

「と、俊郎……ああッ、も、もう……」

瑠璃が耐えきれないといった感じの声を漏らす。それもそのはず、イクにイケない中途半端な刺激を与えつづけているのだ。バイブが突き刺さった膣口は、愛蜜でドロドロになっていた。

「瑠璃ちゃんは最後だよ」

「そ、そんな、早く……」

瑠璃が腰をくねらせて訴える。バイブ責めで昂っており、とどめを刺されるのを待ち侘びていた。

「それなら、杏奈さんと彩香さん、どっちを先にするか決めてよ」

「そ、そんなの決められない……」

「大丈夫、瑠璃ちゃんが考える必要はないから」

俊郎はバイブの柄をつかむとピストンを開始する。ズブズブと抜き挿しすれば、瑠璃の身体が激しく痙攣した。

「はううゥ、ダ、ダメっ、ダメぇっ！」

突然の刺激に絶叫した直後、股間から猛烈な勢いで愛蜜が飛び散った。

前回、瑠璃はハメ潮を吹いている。バイブでもいけるかもしれないと思ってチャレンジすると、やはり盛大に潮を吹いてくれた。

ヨガマットに飛び散った潮は、杏奈が這いつくばっている右側をより多く濡らしていた。

「杏奈さんからだね。瑠璃ちゃん、教えてくれてありがとう」

礼を言うが、瑠璃には聞こえていない。バイブを引き抜いたが、ぐったり横たわってハアハアと乱れた呼吸をくり返していた。

「そんな、わたしは？」

彩香が悲しげな顔で振り返った。

「少しだけ待ってください」

声をかけて、杏奈の背後に移動する。そして、白い尻たぶを撫でまわすと、紅色の陰唇に亀頭を押し当てた。

「じゃあ、杏奈さん、いきますよ」

「あッ……と、俊郎くん」

杏奈が振り返り、物欲しげな瞳で見つめる。ペニスをゆっくり埋めこむと、瞬く間に膣が収縮した。

「はああッ、こ、これよ、これが欲しかったの」

「あ、あんまり締めないで……」

思わず呻きながら腰を振りはじめる。両手でくびれた腰をつかんで、ペニスをグイグイ出し入れした。

「あああッ、す、すごいわ、前と全然違う」

杏奈の喘ぎ声がスタジオに響きわたる。

前回は二度目のセックスで、杏奈にリードしてもらった。あのときは、プールのなかで立ちバックをしたのだ。はじめてのことばかりで、腰を振るのもままならなかった。だが、今はリズミカルに腰を振り、杏奈を絶頂に導こうとしているのだ。

「い、いいっ、こんなに力強いなんて、すごくいいわっ」

「ううッ、あ、杏奈さんっ」

快感がこみあげるが、まだ達するわけにはいかない。

彩香と瑠璃が恨めしげな瞳を向けているのだ。こうなると、三人ともペニスでイカせないといけない気がしてしまう。美月は責任を感じなくていいと言ったが、放っておくことはできなかった。

（結局、そうなるんだよな……）

三人を相手にするのは大変だが、求められていると思うとうれしくなる。

なんとか全員をペニスでイカせたい。俊郎は気合いを入れると、力強いピストンをくり出した。

「おおおッ……おおおおッ」

「ああッ……ああッ……い、いいっ」

杏奈の喘ぎ声が高まっていく。勢いのままペニスを打ちこんで、カリで膣壁を擦りあげた。

「あああッ、も、もうっ、ああああッ」

「あ、杏奈さんっ、くおおおおッ」

射精欲をこらえながら腰を振る。思いきり出し入れして、深い場所までペニスをたたきこんだ。

「はあああッ、イ、イクっ、あああッ、あああああああッ！」

ついに杏奈が昇りつめていく。四つん這いの姿勢で顎を跳ねあげて、背中を大きく仰け反らせた。膣が猛烈に締まり、ペニスをギリギリと絞りあげる。

「ぬうううッ」

凄まじい快感が突き抜けるが、俊郎は懸命に奥歯を食いしばって耐え忍ぶ。理性の力を総動員して、射精欲を抑えつけた。

ペニスをズルリッと引き抜くと、杏奈は力つきて倒れこむ。ヨガマットの上でうつ伏せになり、全身が小刻みに痙攣した。

(危なかった……)

なんとか耐えたが、ギリギリだった。

それでも休むわけにはいかない。今度は彩香の背後に移動して、臀裂をぐっと割り開いた。

「ああっ、俊郎くん……」

彩香は完全に欲情している。露になった紅色の陰唇は大量の華蜜で濡れており、トロトロと滴り落ちていた。

「挿れますよ」

妖しげに蠢《うごめ》く陰唇に誘われて、亀頭をそっと押し当てる。ほんの少し体重をかけるだけで、ペニスがズブズブと根もとまで入りこんだ。

「はああああッ、やっぱり大きいっ」

彩香の唇から歓喜の声がほとばしる。

待ちに待った男根を与えられて、女壺が激しくうねり出す。膣襞が太幹にからみつき、奥から大量に華蜜が押し寄せた。

「ううぅッ……ううぅッ」

快感に耐えながら腰を振る。

まだ瑠璃が残っているのだから、達するわけにはいかない。彩香だけをイカせるために、ピストンを加速させた。

「かわいかった俊郎くんが、成長したのね。あああッ、す、すごいわ」

彩香が懐かしそうにつぶやく。

その言葉で俊郎も思い出す。ホットヨガのあと、汗だくになってセックスしたのが遠い昔のようだ。

「あ、彩香さんっ、くおおおおッ」

褒められてテンションがあがり、自然とピストンが加速する。腰を力強く打ちつけて、ペニスを何度も連続で出し入れした。

「ああッ、そ、そんなに激しく……あああッ」

彩香は両手の爪をヨガマットに突き立てて、背中をググッと反らしていく。

これはまさに猫のポーズではないか。尻を後方に突き出すことで、挿入が一気に深まった。

「くおおおおッ」

「はあああッ、い、いいっ」

喘ぎ声が高まり、膣のうねりが大きくなる。

絶頂が迫っているに違いない。俊郎は懸命に射精欲を抑えて、とにかく全力で腰を振りまくった。

「おおおッ……ぬおおおおッ」

「あああッ、と、俊郎くんっ、イクッ、イクッ、はあああああああッ！」

彩香が汗だくになって昇りつめる。自ら尻を押しつけて、ペニスを根もとまで呑みこんだ状態だ。蠢く膣襞が太幹にからみつき、射精をうながすように膣道全体が蠕動した。

「や、やばいっ、うぬぬぬッ」

精液が噴きあがりそうになり、全身の筋肉に力をこめる。またしてもギリギリのところでこらえると、急いでペニスを引き抜いた。

彩香がうつ伏せに倒れこむ。絶頂の余韻で、汗ばんだ身体が震えているのが生々しい。もはや言葉を発することもできないらしく、ヨガマットに頬を押し当てて、ただ荒い息をまき散らしていた。

「俊郎……わたしも……」

すべてを見届けた瑠璃が小声でつぶやく。

ふたりの女性が達するところを目の当たりにして、欲望が最高潮に高まっているのだろう。横たわった状態で、内股をしきりに擦り合わせている。手錠で自由を奪われているため、そばに落ちているバイブを使うこともできないのだ。

「お待たせ。瑠璃ちゃんの番だよ」

俊郎は胡座をかくと、瑠璃を抱き起こして股間に乗せあげる。

対面座位の体勢だ。しかし、手錠をかけたままなので、瑠璃は自分の身体を支える術がない。つまり全体重が股間に集中することになる。

「ま、待って、手錠を取って」

「なに言ってるんだ。自分ではめてくれって頼んだんだろう」

瑠璃の懇願を聞き流して、ペニスを膣口に押し当てた。あとは抱きしめた女体をおろせば、肉棒がどんどん入っていく。

「あああッ……あああああッ」

半開きになった唇から、怯えと期待の入りまじった声が溢れ出す。

長大なペニスがすべて収まると、瑠璃は陸に打ちあげられた魚のように全身をビクビクと痙攣させた。

「ううッ、瑠璃ちゃんのなか、熱くて気持ちいいよ」

「そ、そんなに奥まで――はあああああッ！」

膝を使って女体を上下に揺さぶれば、瑠璃は眉を歪めて喘ぎ出す。肉の杭で奥の奥まで貫いたことで、快感が突き抜けたらしい。早くも軽い絶頂に達して、顎がクンッと跳ねあがった。

「くうッ……すごい締まってるよ」

「あううッ、ま、待って……イ、イッてるから……」

「じゃあ、もう一回イカせてあげるよ」

そのまま女体を揺さぶりつづけて、休むことなくペニスを出し入れする。左手を瑠璃の腰にまわして支えると、右手で乳房を揉みしだいた。

「あああッ、も、もうダメっ、あああああッ」

「そんなに締めたら……くおおおッ」

思いきりペニスを突きあげる。それと同時に指先で乳首を摘まんで転がせば、膣の締まりがいっそう強くなった。

「はううううッ、い、いいいっ、またイキそうっ」

瑠璃が快楽に顔を歪めて訴える。再び絶頂の波が迫ってきたらしい。膣が猛烈に収縮して、女体がガクガク震えはじめた。

「おおおおッ、き、気持ちいいっ」

もう俊郎も我慢できない。深い場所までペニスを突きこむと、溜まりに溜まっていた欲望を一気に解放した。

「ぬおおおッ、で、出るっ、出る出るっ、くおおおおおおおおおッ！」

女体を抱きしめて精液を噴きあげる。膣のなかでペニスが跳ねまわり、まるで生きているように脈打った。沸騰したザーメンがドクドクと噴出して、ペニスが蕩けそうな快楽が突き抜けた。

「はあああッ、い、いいっ、イクッ、あああああッ、イクイクううううッ！」

ほぼ同時に瑠璃もアクメの大波に呑みこまれる。熱い精液で膣粘膜を灼《や》きつくされて、よがり泣きを振りまきながら仰け反った。

唇を重ねると、さらに快感が深くなる。いつしかふたりは腰を振り合って、この世のものとは思えない絶頂を貪った。やがてヨガマットに倒れこみ、自然とペニスが抜け落ちた。

4

（よし、今日も寄っていくか）

仕事が順調に終わったので定時に帰ることができる。もちろん、今日もフィットネスクラブに寄るつもりだ。

体を鍛えるようになってから、気持ちが前向きになった。集中力も増して、仕事では上司に褒められることが多くなっていた。後輩からも頼りにされて忙しいが、悪い気はしなかった。

それでも、できるだけ定時に帰るようにしている。

タイムカードを押して廊下に出たとき、背後から小走りに近づいてくる足音が聞こえた。

「杉崎先輩……」

名前を呼ばれて振り返る。

すると、そこには若い女子社員が立っていた。今年入社したなかで、いちばんかわいいと評判の後輩だ。

「このあと、お時間ありますか？」

なぜか頬を赤く染めている。

もしかしたら、これは告白ではないか。じつは最近、女子社員から食事に誘われることが何度かあった。急にモテるようになったのは、たぶん自信がついたためだろうと自己分析していた。

「なにかあったの？」

俊郎はあえて気づかないフリをした。

女性には困っていない。裏会員である以上、魅力的な女性とセックスする機会はいくらでもある。今のところ恋愛に興味はない。プライベートの貴重な時間をトレーニング以外に割きたくなかった。

「す、好きです……つき合ってください」

突然、彼女は瞳を潤ませて告白する。そして、極度の緊張のせいか、ついには大粒の涙をポロポロこぼしはじめた。

（か、かわいい……）

裏会員のなかにはいないタイプだ。純情そうな彼女の涙は、俊郎の心を激しく揺さぶった。

「フィットネスクラブに通ってるから、デートの時間はあまり取れないよ。それでもいいなら、つき合おうか」

俊郎が提案すると、彼女はまたしても涙を流してうなずいた。

あれほどモテなかったのが嘘のようだ。仕事もプライベートも充実している。

これからもフィットネスクラブに通いつづける。もちろん、裏会員もやめるつもりはなかった。

（了）

＊本作品はフィクションです。作品内に登場する人名、地名、団体名等は実在のものとは関係ありません。

長編小説

とろめきフィットネスクラブ

葉月奏太《はづきそうた》

2024年10月7日　初版第一刷発行

カバーデザイン……………………………………小林こうじ

発行所……………………………………………株式会社竹書房
〒102-0075　東京都千代田区三番町8－1
三番町東急ビル6F
email：info@takeshobo.co.jp
https://www.takeshobo.co.jp

印刷・製本…………………………………中央精版印刷株式会社